KB063135

우리학교 자가타남구름반

김소월, 저만치 혼자서 피어 있네

초판 1쇄 펴낸날 2013년 10월 18일
초판 4쇄 펴낸날 2017년 10월 23일

지은이 | 박일환
펴낸이 | 홍지연
펴낸곳 | 도서출판 우리학교
기획 | 김주환
편집 | 김영숙 김나윤 이혜재 소이언 전신애
일러스트 | 허수린
표지디자인&아트디렉팅 | 정은경디자인
디자인 | 김민경
관리 | 김미영
인쇄 | 에스제이 피앤비

등록 | 제321-2009-4호 (2009년 1월 5일)
주소 | 03993 서울시 마포구 월드컵북로 6길 92 구성빌딩 2층
전화 | 02-6012-6094~5
팩스 | 02-6012-6092
전자우편 | woorischool@naver.com

ISBN 978-89-94103-61-7 44800
    978-89-94103-59-4(세트)

김소월, 처마 끝 혼자서 피어 있네

아리랑거

〈우리학교 작가탐구클럽〉에 오신 것을 환영합니다

지금껏 여러분은 어떻게 문학 작품을 읽어 왔나요? 시를 외우고 소설의 줄거리를 쫓아가는 것만으로도 숨이 차지 않았나요? 이제 의미도 모른 채 무작정 읽기만 했던 작품을 잠시 내려놓고 작품 읽기에서 사라져 버린 작가를 만나러 가 봅시다. 작가와 그가 살았던 시대의 생생한 이야기 속으로 흠뻑 빠져들어 봅시다.

작품은 결국 시대와 사회에 대한 작가 자신만의 대결 방식입니다. 그렇기에 작가의 삶과 그가 살았던 시대를 알게 되면 작가가 작품을 창작한 의도가 무엇인지, 작품을 통해 무슨 이야기를 하려 했는지 더 깊이 이해할 수 있습니다.

또한 작품 읽기는 작가와 독자가 나누는 대화의 과정이기에 작가 탐구의 방식으로 작품을 읽어 나가는 것은 독자가 능동적으로 의미를 구성하는 활동의 출발점이 될 수 있습니다.

〈우리학교 작가탐구클럽〉은 작가의 삶과 작품 세계를 씨줄과 날줄로 촘촘히 엮었습니다. 작가의 빼어난 작품을 그의 삶의 맥락 속에 놓아 봄으로써 작가의 삶과 작품 세계를 입체적으로 이해할 수 있도록 만들었습니다. 우리 역사에는 누구보다 깊이 고민하면서 치열하게 살았던 위대한 작가들이 많습니다. 그들의 생생한 삶을 작품과 함께 감상하는 동안 우리는 우리 시대와 우리 문학을 새롭게 바라볼 수 있는 눈을 갖게 될 거예요.

예를 들어 「진달래꽃」을 읽으면 우리는 사랑과 이별에 가슴 태우는 화자와 만나게 됩니다. 그런데 김소월의 다른 작품들을 찾아 읽고 그의 삶을 들여다보면 김소월이라는 감수성이 풍부한 한 사내가 그 시대를 어떻게 견뎌 냈는지를 알게 됩니다. 그의 삶의 맥락에서 다시 진달래꽃을 읽는다면 그 울림은 이전과는 다를 것이며 그 시선으로 우리 주위를 살펴보면 이전에는 보이지 않던 것들이 생생하게 드러나 보일 것입니다.

왜 우리 문학을 읽고 사랑해야 하는지 아직 잘 모르겠다면 〈우리학교 작가탐구클럽〉의 문을 두드리세요. 일단 〈우리학교 작가탐구클럽〉의 문을 열었다면 여러분은 이 책에 나오는 작품을 찾아 읽지 않고는 못 배길 겁니다. 그게 바로 문학의 진짜 매력이지요. 자, 설렘 가득한 문학 여행을 떠날 준비가 되었나요?

작가탐구클럽에 오신 여러분을 진심으로 환영합니다!

불행 속에서 아름다운 시를 길어 올린 김소월

우리나라에는 많은 시인이 있고, 국어 교과서에는 시인들이 쓴 시가 많이 실려 있습니다. 그동안 교과서에 실린 시들을 읽고 배우면서 어떤 생각을 갖게 되었나요? 시험공부를 위해 억지로 읽었거나, 알쏭달쏭한 말들을 늘어놓아 무슨 말인지 해석을 할 수 없어 짜증을 내지는 않았나요? 시는 해석을 하는 게 아니라 느끼는 것입니다. 한 번 읽고 그쳐서는 그 느낌을 제대로 전달받을 수 없지요. 여러 번 읽고 생각하다 보면 저절로 여러분만의 생각과 판단을 갖고 작품을 이해하고 감상할 수 있을 겁니다.

시를 읽다 보면 어떻게 이런 표현을 생각해 낼 수 있었을까, 이 시를 쓴 시인은 어떤 사람일까 하는 궁금증을 갖게 될 때가 있을 겁니다. 시인이 특별한 존재는 아니지만, 보통 사람과 조금 다른 점이 있는 건 분명합니다. 다른 사람보다 느낌을 잘 아는 사람이라고나 할까요? 남들이 느끼지 못하는 걸 느낄 줄 아는 능력이 발달된 사람인 건 분명합니다.

이 책의 주인공 김소월 시인이야말로 '느낌의 대가'라고 할 수 있습니다. 나아가 그러한 느낌을 누구나 이해할 수 있는 쉬운 말로 표현할 줄 알았던 시인이기도 합니다. 비록 짧은 삶을 살다 갔지만, 그가 남긴 시들이 지금도 널리 읽히고 사랑을 받는 이유가 거기에 있습니다. 김소월이 있었기에 우리말이 더욱 아름다워질 수 있었으며, 일제강점기에 핍박받던 사람들이 마음의 위로를 받을 수 있었습니다.

김소월 시인의 삶은 불행했습니다. 일제강점기를 살아가던 많은 사람들이 그러했듯, 김소월 역시 시대의 고난을 피해 가지 못했습니다. 시인의 생애를 따라가다 보면 남의 나라에게 지배를 받으며 살아가는 일이 얼마나 커다란 좌절과 슬픔을 안겨 주는지 생생하게 알 수 있습니다. 우리말과 글을 영영 빼앗길 뻔했다는 사실까지 떠올리면 끔찍하기도 합니다.

김소월 시인의 삶과 시를 통해 우리말의 아름다움을 느끼고, 시를 사랑하는 마음이 조금 더 깊어지기를 소망합니다.

2013년 가을 박일환

차례

김소월
1902~1934

심중에 남아 있는
말 한마디는
끝끝내 미처 하지
못 하였구나

1

가시는걸음걸음

놓인

그 꽃을

{ 노래가 된 소월의 시 }

시 중의 시 「진달래꽃」, 시인 중의 시인 김소월

여러분은 시인을 몇 명이나 알고 있나요? 시인이라고 하면 가장 먼저 어떤 이름이 떠오르나요? 관심이 없다고요? 교과서에서 마주친 시인들 이름이라도 하나둘 떠올려 보세요. 그중에 가장 많이 접한 이름은 누구였나요? 바로 김소월일 거예요.

김소월은 지금으로부터 100년도 훨씬 전에 태어난 시인이지만 수많은 시인들 중에 사람들에게 가장 많은 사랑을 받는 시인입니다. 2009년에 한국을 대표하는 시인과 평론가들이 모여 우리 현대시 100년 역사에서 가장 빼어난 시인을 선정했는데 100명 중에 87명이나 김소월을 꼽아 1위를 차지했지요. 2012년에는 문학평론가들이 모여 한국 현대문학사를 대표하는 시집을 선정했는데 75명 중에 63명이나 김소월의 『진달래꽃』을 꼽았습니다.

이렇듯 김소월은 우리나라 사람이라면 모르는 사람이 없고, 한 번이라도 김소월의 시를 읽었다면 사랑하지 않을 수 없는 국민 시인으로 자리매김하고 있지요. 지금까지 김소월의 시를 모아 펴낸 시집이 수를 헤아리기 힘들 만큼 많이 나왔고, 아무리 시를 모르는 사람일지라도 김소월 하면 「진달래꽃」부터 떠올릴 정도입니다. 김소월의 시는 일제강점기라는 어두운 시대의 그늘을 지나는 이들을 위로하고 다독인 것은 물론 오늘날까지도 많은 이의 마음에 스며들어 아픔과 외로움을 달래 주고 있지요.

그런데 이처럼 소월의 시가 시간과 세대를 초월해 많은 이들로부터 사랑받는 이유는 무엇일까요? 수업 시간에 배운 대로 전통 가락 속에 우리 정서를 잘 담아내서일까요, 아니면 친근하고 정감 어린 토속어로 우리 겨레의 슬픔을 어루만져 주어서일까요? 선생님은 소월의 시가 오늘날까지 꾸준히 사랑받는 가장 중요한 이유는 그의 시가 노래가 되어 사람들에게 다가갔기 때문이라고 생각해요.

소월의 시들은 노래로 만들어져 우리와 함께하고 있지요. 가곡은 물론 대중가요까지 소월의 시를 가사로 삼은 노래가 매우 많답니다. 1982년 MBC 방송국은 가곡 공로상 작사가 부문 수상자로 이미 세상을 떠난 지 50년이 가까운 김소월을 선정했습니다. 몇 해 뒤 음악 평론가 이장직이 그동안 나온 가곡집에 수록된 1,100여 곡의 가곡을 조사했는데 소월의 시로 만든 노래가 무려 140여 곡에 이르렀다고 하니 가곡 작사가로 불려도 손색이 없겠지요. 140여 곡이면 소월이 발표한 거의 모든 시가 가곡으로 만들어진 거나 다름없을 정도예요. 그중에 「진달래꽃」과 「가는 길」은 10명의 작곡가가 곡을 붙이기도 했습니다.

대중가요도 가곡 못지않습니다. 옛날 가수들이지만 당시에는 큰 인기를 얻었던 정미조의 〈개여울〉, 패티김의 〈못 잊어〉, 송골매

의 〈세상모르고 살았노라〉 등을 비롯해 수많은 가수들이 소월의 시를 노래로 만들어 불렀지요. 여러분 귀에는 좀 낯설지도 모르겠지만 시간 날 때 부모님께 한번 여쭤 보세요. 아름다운 노랫말이 담긴 이 노래들이 얼마나 많은 사랑을 받았는지에 대해서요. 아마 대부분의 부모님들이 옛 추억에 젖은 얼굴로 노래에 대한 이야기들을 들려줄 거예요.

10년 전에는 마야라는 가수가 록 음악으로 만든 〈진달래꽃〉을 불러 크게 유행하기도 했지요.

나 보기가 역겨워 가실 때에는
말없이 고이 보내 드리오리다.
나 보기가 역겨워 가실 때에는
죽어도 아니 눈물 흘리오리다.
날 떠나 행복한지 이젠 그대 아닌지
그대 바라보며 살아온 내가 그녀 뒤에 가렸는지
사랑 그 아픔이 너무 커 숨을 쉴 수가 없어.
그대 행복하길 빌어 줄게요 내 영혼으로 빌어 줄게요.

앞부분은 시를 그대로 썼지만 뒤에 새로운 노랫말을 붙여 원래 시와는 달리 속마음을 아주 솔직하게 표현했지요. 사랑하는 사람을 떠나보내야 하는 아프고도 복잡한 심정은 소월에게나 록 가수에게나 똑같나 봅니다.

노래가 된 시, 시가 된 노래

소월의 시가 많은 노래로 만들어진 이유는 뭘까요? 시의 내용이 누구나 공감할 수 있는 보편성을 갖고 있다는 게 첫 번째 이유겠지요. 사랑과 이별은 인류의 역사 이래 시와 노래의 영원한 소재인데, 소월의 시는 그러한 소재를 쉬운 말로 담아냈어요. 아울러 소월의 시가 취하고 있는 운율이 빼어난 음악성을 지니고 있기 때문이기도 해요. 소월의 시는 대체로 전통적인 민요의 운율을 취하고 있는데, 이러한 점이 노래로 만들기에 적합한 조건을 이루고 있지요.

소월의 시가 찬사를 받게 된 데는 시에 담겨진 내용 외에 크게 두 가지 이유가 있어요. 첫째는 시에 쓰인 말들이 누구나 알아들을 수 있는 쉬운 말로 되어 있다는 점이에요. 일찍이 김동인은 "그러나 아직껏 순정한 조선 사람의 감정을 나타낼 만한 조선말은 시단상(詩壇上)에 나타난 일이 없었다. 소월이 그 첫길을 열어 놓았다."라고 하며, 이어서 "소월의 시는 시골 과부라도 넉넉히 이해할 것이었다."라는 찬사를 보냈어요. 그러면서 "조선말 구사의 귀재 – 그것이 우리의 시인 소월이었다."라는 극찬까지 늘어놓았어요.

다음으로 들 수 있는 게 소월이 개척한 운율입니다. 소월의 시가 우리의 전통 운율을 이어받았다는 건 누누이 강조되고 있는 사실이지요. 흔히 글자 수를 7자, 5자로 맞추는 7·5조와 한 구절을 세 번 끊어 읽게 되는 3음보로 소월 시의 운율을 설명하는데, 사실 이것만으로는 소월의 시를 충분히 설명할 수 없지요. 소월의 시에 글자 수를 지켜 7·5조로 이루어진 작품이 많은 것은 사실입니다. 하지만 그렇지 않은 시도 많아요. 규격화된 틀은 답답함을 안겨 줍니다. 오히려 글자 수를 조금씩 변형한 작품들이 오히려 자유스러우면서도 편안한 느낌을 줄 수 있어요. 소월의 시를 몇 편 읽어 볼까요?

> 못 잊어 생각이 나겠지요. (6:4)
> 그런대로 한세상 지내시구려. (7:5)
> 사노라면 잊힐 날 있으리다.(7:4)
>
> — 「못 잊어」 중에서

> 봄가을 없이 밤마다 돋는 달도 (8:4)
> 예전엔 미처 몰랐어요. (5:4)
>
> 이렇게 사무치게 그리울 줄도 (7:5)
> 예전엔 미처 몰랐어요. (5:4)
>
> — 「예전엔 미처 몰랐어요」 중에서

> 가도 아주 가지는 (7)
> 않노라시던 (5)
> 그러한 약속이 있었겠지요. (6:5)
>
> — 「개여울」 중에서

몇 편만 들추어 보아도 3음보 내에서 이렇듯 글자 수의 차이가 보이네요. 규칙 속의 불규칙이라고 할 수 있는 이러한 변화가 시를 생기 있게 만들지요. 여기서 한 발 더 나아간 것이 행의 배열인데, 시 「가는 길」을 살펴볼까요?

가는 길

그립다
말을 할까
하니 그리워

그냥 갈까
그래도
다시 더 한 번……

저 산에도 까마귀, 들에 까마귀,
서산에는 해 진다고
지저귑니다.

앞 강물, 뒷 강물
흐르는 물은
어서 따라오라고 따라가자고
흘러도 연달아 흐릅디다려.

분명 3음보로 되어 있는데, 연마다 배열 방법이 다른 것을 알 수 있어요. 그냥 손쉽게 써 내려간다면 앞의 1, 2연을 다음과 같이 처리할 수도 있었을 거예요.

> 그립다 말을 할까 하니 그리워
> 그냥 갈까 그래도 다시 더 한 번……

시를 읽을 때 어느 편이 마음을 더 편하게 해 줄까요? 소월은 단순히 글자 수나 음보만 따지지 않고 행의 배열까지 세심하게 신경을 써서 운율의 효과를 극대화할 줄 알았던 시인입니다. 한 가지만 더 짚어 볼까요?

> 비가 온다.
> 오누나.
> 오는 비는
> 올지라도 한 닷새 왔으면 좋지.
>
> ─「왕십리」중에서

위에 쓰인 시를 잘 보면 '온다'라는 동사가 세 번에 걸쳐 나오는 게 눈에 띄죠? 그런데 '온다', '오누나', '오는'으로 형태가 모두 달라요. 한 낱말을 연달아 쓰면서도 작은 변화를 줌으로써 묘한 리듬감을 형성하고 있음을 알 수 있어요. 이러한 점은 우리말에 대한 깊은 고민과 이해가 따르지 않으면 쉽게 얻을 수 있는 게 아닙니다. 앞서도 소개했듯이 김동인이 소월을 일러 '조선말 구사의 귀재'라고 한 말이 괜한 찬사가 아니란 걸 알 수 있겠죠?

옛날에는 노래와 시가 한 몸이었어요. 즉, 시는 노래였지요. 우리는 시를 어려운 것, 공부해야 할 것으로 생각합니다. 하지만 노래는 어렵지 않습니다. 공부하지 않아도 즐길 수 있지요. 요즘은 시가 노래로부터 멀어지고 있다며, 시가 노래성을 회복해야 한다는 말을 많이 합니다. 하지만 소월의 시는 노래로 만들어지기 이전부터 이미 노래였어요. 소월의 시들을 한번 소리 내어 나지막이 읊조려 보세요. 그대로 노래가 될 것만 같은 느낌을 받을 거예요.

엄마야 누나야

엄마야 누나야 강변 살자,
뜰에는 반짝이는 금모래빛,
뒷문 밖에는 갈잎의 노래
엄마야 누나야 강변 살자.

노래로 만든 시 「엄마야 누나야」를 모르는 친구들이 있나요? 한국 사람이라면 누구나 절로 흥얼거려지는 소월의 노랫가락 한 자락쯤은 기억하고 있을 거예요. 소월의 시는 요즘도 계속 노래로 만들어지고 있는데요. 가장 최근에 이루어진 작업을 소개할까 해요. 일명 〈김소월 프로젝트〉라고 알려진 작업이랍니다.

어느 날 프로듀서 박창학은 '김소월의 아름다운 시를 가사로 해서 음악을 만든다면 어떨까?'라는 생각을 했대요. 그는 작곡가 박지만에게 이런 생각을 전달했고, 작곡가는 소월의 시에 노래를 입히기 시작했죠. 〈김소월 프로젝트〉라고 이름 붙인 작업은 그렇게 해서 시작됐어요. 곡이 완성된 다음에는 가수들을 찾아다니며 노래를 불러 줄 것을 부탁했어요. 실력파 가수들인 윤상, 조원선, 이한철, 정재일, 하림, 마이 앤트 메리의 정순용, 김정화, 정진하, 김태형, 빅마마의 이지영, 안신애 등이 참여를 했고, 드디어 〈그 사람에게〉라는 이름을 내건 음반이 나왔는데, 그때가 2010년 6월이었어요.

음반에는 「초혼」과 「길」, 「진달래꽃」을 비롯해 「산유화」, 「님의 노래」, 「님에게」, 「눈물이 쉬루르 흘러납니다」, 「하얀 달의 노래」, 「자전차」, 「그 사람에게」, 「깊고 깊은 언약」, 「풀따기」 등 소월의 대표 시들을 가사로 한 노래가 담겨 있습니다.

〈김소월 프로젝트〉를 처음 제안한 프로듀서 박창학은 "소월의 시는 우리말로 된 시가 만들어 낼 수 있는 가장 완벽한 세계를 보여 주는 교과서와도 같다."면서 "그의 아름다운 운율은 언제나 내게 들리지 않는 아름다운 노래를 상상하게 했다."라고 말했어요. 대중가요의 노랫말이 점점 현란하고 자극적인 내용으로 흘러가는 현상에 대한 안타까움이 〈김소월 프로젝트〉를 추진하는 원동력이 되었어요. 무엇보다 소월의 시가 가진 호소력과 아름다움이 있었기에 가능한 일이었지요. 이렇게 소월의 시는 노래가 사라지지 않는 한 영원히 우리 곁에 머물러 있을 거예요.

우리 곁의 김소월

"저는 소월의 맏딸의 맏딸의 맏딸입니다."

2010년 어느 날, 소월아트홀에서 성악가 김상은은 자신을 이렇게 소개하며 소월의 시로 만든 노래를 불렀습니다. 시가 곧 노래였던 소월의 후손이 성악가가 되었다니 피는 못 속인다는 옛말이 꼭 맞는 것 같습니다. 그런데 김상은은 자신이 소월의 후손이라는 사실을 그날 처음 사람들에게 밝혔습니다.

사람들에게 그토록 사랑받는 시인의 후손이 왜 자신의 신분을 드러내고 자랑하지 않았을까요? 그것은 시인 소월의 삶이 평탄하지 못했기 때문입니다. 식민지 조선의 시인이었던 소월은 돈벌이를 위해 이런저런 사업을 벌이며 생계를 꾸려 나갔지만 어느 것도 성공하지 못했고 시도 제대로 쓰지 못했지요. 결국 소월은 만 서른두 살의 젊은 나이에 안타까운 죽음을 맞이하고 말았습니다. 게다가 소월이 북쪽에서 나고 북쪽에서 죽었기 때문에 우리나라가 남북으로 갈라진 후 소월의 후손들은 아픈 역사의 거센 풍랑에 휩쓸릴 수밖에 없었지요.

소월은 아들 넷과 딸 둘을 두었는데 셋째 아들 김정호는 인민군으로 한국전쟁에 참전했다 포로로 잡힌 뒤 반공 포로로 석방된 후 이런저런 직장을 전전하며 어렵게 살아야 했다고 합니다. 그가 소월의 아들임이 밝혀져 잠시 관심의 대상이 되고 직장 알선 등 도움을 받기도 했지만 시간이 지나면서 다시 사람들의 기억에서 멀어지고 말았습니다. 더구나 작은 도움을 주고 마치 큰 선심이라도 베푼 것처럼 떠드는 사람들까지 생겨났지요. 때문에 소월의 손자들은 지금도 자신의 신분이 외부로 알려지는 것을 꺼려서 누구와도 만나려 하지 않는다고 해요.

소월의 첫째 딸인 김구생 역시 한국전쟁 중에 남편을 찾기 위해 임신한 몸으로 두 아이의 손을 잡은 채 남쪽으로 왔다고 합니다. 그렇게 해서 간신히 남편을 만나기는 했으나 얼마 후 늑막염으로 고생하다 세상을 떠났어요. 소월의 사위도 재혼을 해 버려 소월의 손자, 손녀들은 자연히 외톨이가 되어 친인척들과도 왕래가 없이 살아야 했대요. 김구생의 첫째 딸인 최정자가 자신의 생일도 모를 정도라고 했으니, 불행한 가족사를 짐작할 만하죠. 그 최정자의 첫째 딸이 바로 소월의 증손녀인 성악가 김상은이랍니다.

김상은은 소월의 여동생 김인저의 후손이 미국에 살고 있다는 소식을 듣고 찾아가 만나기도 했습니다. 김인저의 아들에 따르면 소월의 여동생 김인저가 생전에 오빠 소월에 대한 이야기를 자식들에게 자주 들려주었다고 해요. 소월은 밤새워 글을 쓴 다음 아침 먹을 때쯤 식구들을 모아 놓고 자신이 쓴 글을 읽어 주곤 했는데, 그때가 참 좋았다고요.

그렇다면 북한에 있는 소월의 자손들은 어떻게 되었을까요? 북한의 작가동맹 기관지인 〈문학신문〉의 김영희 기자가 1966년에 소월의 고향을 방문한 다음 「소월의 고향을 찾아서」라는 제목으로 쓴 기행문에 따르면, 큰아들은 목수로, 둘째 아들은 평안북도 경공업 총국의 상급 지도원으로, 넷째 낙호는 설계 연구 기관의 연구사로 일하고 있다는 소식이 들려오지만 지금은 어찌 되었는지 알 수 없습니다. 북한에 남은 유족들과 남한에 있는 유족들이 서로 만날 수 있는 날이 하루라도 빨리 오면 얼마나 좋을까요?

누구도 물어 오지 않고, 스스로도 소월의 후손이라는 걸 밝히는 게 겸연쩍었던 김상은은 뒤늦게나마 증조할아버지 소월에 대한 자료를 찾아 공부를 하기 시작했다고 합니다. 그러면서 교과서에서만 배웠던 소월의 시를 다시 읽고, 소월이라는 한 인간의 삶 속으로 깊숙이 들어가면서 애정과 존경의 마음을 갖게 되죠. 그 결과 2011년에는 소월의 시들에 곡을 입힌 〈소월의 노래〉라는 음반을 내고, 2012년에는 『소월의 딸들』이라는 책도 출간했어요. 지금도 노래와 강연 등을 통해 소월을 알리는 일에 나서고 있답니다. 그녀는 노래를 부르기 전에 관객들에게 이렇게 말한다고 해요.

"소월의 시를 사랑하는 당신과 마음을 나누기 위해 저는 오늘도 무대에 섭니다."

선생님도 소월을 사랑하는 마음을 이제부터 여러분과 함께 나누려고 합니다. 한국인이 가장 사랑하는 시인, 우리나라를 대표하는 시인이지만 그의 짧은 삶을 제대로 아는 사람은 없는 시인 김소월. 자, 이제 교과서를 잠시 덮고 선생님과 함께 소월의 생생한 삶과 시를 만나러 가 볼까요?

새로운 것 vs 오래된 것

| 소월이 살던 시대 |

소월이 시를 쓰던 시대는 서양 문물이 물밀듯 밀려들어 오던 시대였습니다. 사람들은 오래된 것은 모조리 낡은 것으로 치부하고 너도나도 새것만을 좋았지요. 새것과 오래된 것이 대립하던 그때로 걸어 들어가 소월을 만나 볼까요?

외국 문화에 휩쓸리는 사람들

이미 조선 후기부터 안경, 자명종, 나침반, 망원경, 세계지도 등 서양의 새로운 문물들이 꾸준히 우리나라에 소개되었지요. 그러다가 19세기 말 본격적으로 외국과의 교류가 시작되자 수많은 새로운 것들이 쏟아져 들어오기 시작했습니다.

1883년 최초의 근대적인 신문인 〈한성순보〉가 발행되고 1885년엔 서양식 병원이 문을 열었고 1899년엔 철도와 전차가 개통되었습니다. 도로엔

자동차가 다니기 시작했고, 근대적인 학교가 세워져 새로운 학문과 외국어를 가르쳤고, 정부가 앞장서 단발령을 내려 상투를 자르고 옷을 서양식으로 입고 양력을 사용하라고 다그쳤지요.

본격적인 식민 통치가 시작된 뒤에는 수많은 일본인들이 국내로 밀려들어 곳곳에 일본인 거주 지역과 상가가 세워지면서 서양 문화는 사람들의 삶 속으로 더 거세게 밀려들었습니다.

1920년대의 라디오.

소월이 시를 발표하던 1920년대엔 식민지 수도 경성의 거리에는 백화점, 영화관, 다방, 카페, 댄스홀이 늘어서게 되었습니다. 특히 영화는 서양의 가치관과 문화, 삶의 방식을 사람들에게 퍼뜨리는 데 큰 역할을 했지요.

1926년엔 경성 방송국이 세워져 다음 해 2월 최초의 라디오 방송이 시작되었고요. 라디오 방송이 울려 퍼지자 사람들은 마치 전기가 처음 들어오던 날처럼 설렘과 흥분을 감추지 못했다고 해요.

새것은 다 좋은 것?

그런데 겉으로는 일본 덕분에 사람들이 문화생활을 누리는 듯 보였지만 그 뒤에 감춰진 역사를 자세히 들여다보면 이 모든 게 뒤틀린 근대화라는 사실을 알 수 있답니다.

1910년 한일강제병합으로 일제가 우리나라를 집어삼키자 많은 사람들이 식민 통치를 죽음으로 반대하고 일제에 맞서는 힘들고 긴 싸움을 시작했습니다. 그러자 일제는 곳곳에 군대를 주둔시켜 더욱 폭

력적으로 무단통치를 감행했지요. 사람들은 더욱더 거세게 저항했고 1919년 3·1운동이라는 어마어마한 민족적 저항으로 일본에 항거하게 되었습니다.

　　그러자 일제는 방향을 바꾸어 이른바 '문화 정치'라는 새로운 정책을 내놓았지요. 우리말로 된 신문과 방송도 허용하고 여러 면에서 부분적으로 조금씩 자유를 인정해 주었던 것입니다. 그 틈에 조선의 문화는 겨우 숨통이 트이며 조금씩 발전했지요. 그 결과 식민지의 설움과 압박 속에서도 전차와 자동차가 도심을 달리고 유행가가 거리에 울려 퍼지고 영화가 상영되었던 것입니다.

얻은 것 vs 잃은 것

일제강점기
외국 영화 광고 포스터.

　　외국의 새롭고 발전된 문물은 사람들의 커다란 부러움을 샀습니다. 새것의 편리함과 우수함을 경험한 사람들은 하루빨리 모두가 새것을 익히자고 주장했지요. 그러나 새것이라고 다 좋은 것만은 아니었습니다. 일본과 서양의 물건이 밀려들어오자 조선 백성의 수공업은 위축되었고, 쌀이 외국으로 팔려 가는 바람에 사람들이 먹을 쌀값이 올랐습니다. 경성에서 일본인은 100퍼센트 전기를 사용했지만 조선인 중에 전기를 사용하는 사람은 10퍼센트 남짓이었습니다. 결국 으리으리하게 번쩍거리는 건물과 상점에 들어갈 수 있는 사람, 새로운

김소월_1

문물을 마음껏 누릴 수 있는 사람은 일본인 아니면 소수의 부유한 조선인과 친일파들뿐이었던 것입니다. 일제 강점기 내내 대부분의 평범한 백성들은 새로운 문물을 접하고 누리기는커녕 삶이 나날이 어렵고 힘들어지기만 했지요.

새로운 문물에서 소외된 사람들.

소월이 처음 시를 발표할 무렵, 당시에 새로운 시를 쓰고 문학을 하던 사람들은 대부분 일본에서 서양의 근대문학을 공부한 사람들이었습니다. 그러니 서양식 시가 유행하는 건 당연한 일이었지요,

그러나 소월의 시는 그런 유행과 달리 익숙하고 정겨운 리듬, 토속적이고 전통적인 이미지, 친근하고 쉬운 말로 쓰였습니다. 새것만을 좇던 사람들조차도 소월의 시가 보여 주는 리듬과 언어에 찬탄을 금치 못했지요. 새것이 오래된 것을 몰아내던 시절, 소월의 시는 새로운 문물에서 소외되었던 가난하고 힘없는 사람들의 마음을 포근히 보듬어 안아 주는 아름다운 노래였던 것입니다. ⊙

2

나는 어쩌면
생겨 나와
이 이야기 듣는가?

{ 소월의 어린 시절 }

소월의 고향, 정주 곽산

"아가, 네 이름이 정식이다."

이제 갓 태어난 아이를 안은 채 한참을 들여다보던 할아버지는
그렇게 아이의 이름을 지어 주었습니다. 유난히도 희고 고운 피부
를 지니고 태어난 사내아이. 1902년 음력 8월 6일(양력 9월 7일) 새
벽에 첫 울음을 터뜨린 이 아이가 훗날 온 국민으로부터 사랑받는
한국의 대표 시인이 될 줄은 아무도 몰랐겠지요.

소월의 고향은 평안북도 정주군 곽산면 남단동 569번지입니다.
남단동 대신 남산동 혹은 남산리라고도 합니다. 하지만 소월이 태
어난 곳은 고향에서 조금 떨어진 구성군 서산면 왕인동에 있는 외
갓집이었어요. 당시에는 아이를 낳을 때가 되면 친정에 가서 낳고
오도록 하는 게 관례였기 때문이지요.

소월의 고향인 정주 곽산은 풍광이 매우 뛰어났다고 합니다. 서
쪽으로는 황해 바다가 보이고 뒤로는 옥녀봉과 남산봉이 있어, 그
곳에 깃들여 사는 사람들을 포근하게 품어 주는 곳이었다는군요.
그래서일까요? 정주는 뛰어난 인물을 많이 배출한 것으로 유명한

곳이랍니다. 독립운동가이자 교육자인 남강 이승훈, 근대소설의 개척자 춘원 이광수, 훗날 소월의 스승이 될 김억 시인 등이 정주 출신이며, 토속적 정서를 아름다운 우리말로 풀어낸 백석 시인이 소월의 뒤를 이어 정주를 빛내 주었어요.

소월이 사는 마을은 오래전부터 공주 김씨들이 모여 살던 집성촌이었대요. 그중에서도 소월의 집이 가장 크고 으리으리해서 마을 사람들이 '큰집'이라고 부르곤 했답니다. 사람이 말을 타고 들어가도 될 정도로 대문이 크고 높은 데다, 큰 대문을 거쳐 중간 대문을 지나야 안채가 나왔어요. 넓은 마당에는 푸르스름한 돌을 줄 맞춰 깔았고, 일꾼들이 사는 집도 두 채나 되고, 곡식이며 생활용품을 보관하는 곳간은 10여 칸이나 될 정도였다네요.

아버지 김성도와 어머니 장경숙 사이에서 태어난 소월은 김씨 문중의 장손이었어요. 장손의 출생 소식을 들은 친가 쪽의 기쁨은 이루 말할 수 없었지요. 이제나저제나 기쁜 소식이 들려오기만을 기다리던 소월의 할아버지는 산모를 위해 쌀 한 말, 미역 한 다발, 닭 한 마리를 준비해서 구성으로 향했습니다. 출산을 하느라 고생한 며느리를 위로하고, 자신의 손자를 만나 보기 위해서였지요. 집안의 가장 어른이던 할아버지는 다른 이들에게는 호랑이로 불릴 만큼 매우 엄격하고 무뚝뚝했지만, 앞으로 집안을 이어갈 장손인 소월에게 쏠리는 정은 어쩔 수 없었나 봐요. 소월이 고향으로 돌아온 후, 다른 사람들이 소월의 몸에 함부로 손도 대지 못하게 할 정도였으니까요.

"어허, 그렇게 만지다간 애가 부정을 탄대도!"

어쩌다 집에 놀러 온 친척이 소월의 귀여운 모습에 반해 잠깐 안아 보려다 할아버지의 호통에 놀라 흠칫 물러서야 했대요. 그만큼 할아버지의 손자 사랑은 남달랐어요.

"갓놈아, 이리 건너오너라."

소월이 자라면서 말문이 트이자 할아버지는 걸핏하면 사랑방으로 소월을 불러들여 함께 시간을 보내곤 했습니다. '갓놈'은 평안도에서 장손이나 큰아들을 가리킬 때 사용하는 말인데요. 어린 시절의 소월은 식구들 사이에서 정식이라는 이름 대신 갓놈으로 불렸어요.

할아버지가 이처럼 소월에게 아낌없이 사랑을 퍼 주는 동안 소월의 아버지는 어디서 무얼 하고 있었을까요?

소월의 아버지 김성도는 1904년, 소월이 세 살 되던 해에 새로 지은 명주 저고리 차림에 술과 떡 등 음식 선물을 말에 싣고 처가로 향했습니다. 5월이라 햇살도 화창하고 나들이하기에 맞춤한 날씨였지요.

당시에 정주와 곽산을 잇는 철도 공사가 한창이었습니다. 여기저기 길이 파헤쳐 있고, 목도꾼들이 철로에 쓸 침목이며 자재를 나르는 모습이 보였어요. 김성도는 철로가 놓이면 교통이 편리해지고 정주와 곽산도 제법 번화해지겠다는 생각을 하며 길을 재촉했어요. 얼마쯤 갔을까, 갑자기 공사장 쪽에서 인부들 한 떼가 김성도 앞으로 몰려들었어요. 자기들끼리 시시덕거리며 김성도의 길을 막아선 자들은 일본인 목도꾼들이었어요.

"무슨 일인데 남의 길을 가로막는 거냐?"

김성도는 불안한 마음에 큰소리를 내 보았으나 일본인 목도꾼들은 콧방귀나 뀔 뿐이었어요. 그러고는 다짜고짜 말 등에 실린 물건들을 마음대로 끌어내리기 시작했어요.

"이런 날강도 같은 놈들을 봤나! 물건에 손대지 마라!"

김성도가 일본인들에게 달려들었으나 일본인들은 그런 김성도를 무자비하게 폭행하기 시작했어요.

"어머니!"

일본인들에게 맞아 초주검이 된 채 말 잔등에 실려 집으로 돌아온 김성도는 대문 앞에서 간신히 어머니를 부르고는 그대로 정신을 잃고 말았어요.

"아이고, 이게 웬일이냐! 어디서 이런 봉변을 당한 게냐. 애야, 정신을 차려 보아라."

늠름한 모습으로 길을 떠난 아들이 다 죽어 가는 모습으로 돌아온 걸 본 어머니는 넋이 나갈 지경이었습니다. 식구들이 김성도를 급히 방 안으로 데려다 뉘어 놓고 의원을 불러들일 때까지도 김성도의 정신은 돌아오지 않았어요.

"이놈들, 길을 비켜라. 이놈들……."

의원이 침을 놓고 약을 처방해 주고 간 뒤에도 김성도는 가끔씩 부들부들 떨며 헛소리를 내뱉을 뿐, 기력을 회복하지 못했습니다. 김성도는 한 달이나 그렇게 자리에 누워 죽음의 문턱을 오락가락하다 겨우 일어났어요. 하지만 몸은 회복되었어도 정신은 돌아오지 않아 뜻 모를 소리만 중얼거리며 멍하니 앉아 있곤 했어요. 식구들은 그래도 차차 나아질 거라는 희망의 끈을 놓지 않았지만, 김성도는 평생을 실성한 사람으로 지내야 했다는군요. 그때 김성도의 나이 겨우 스물하나였으니, 창창한 젊음이 속절없이 무너지고 만 거예요.

　김성도에게 비극적인 사건이 일어난 1900년대 초반은 러시아와 청나라, 일본을 비롯한 극동 세력뿐만 아니라 미국과 영국 등 서양 세력마저 조선을 넘보던 시기였습니다. 조선이 아직 일본에게 병합되기 전이기는 하지만, 이미 주권을 상실한 것이나 다름없던 시기이기도 하죠. 고종 임금이 나라 이름을 대한제국으로 바꾸고, 외세로부터 자유로운 자주독립국가를 만들어 보려고 애를 쓰기는 했지만 기울어져 가는 나라의 운명을 다시 일으켜 세우기는 힘들었습니다. 그러자 외세는 왕조 말기의 무기력함을 틈타 조선 영토를 휘저으며 위력을 행사하고 이권을 챙기기에 바빴어요. 외세끼리 조선을 누가 먹느냐 하는 다툼이 이어지는 동안 조선 왕조는 그저 지켜보기만 할 뿐 아무런 역할을 못 했지요. 그만큼 풍전등화의 위기에 몰려 있던 시기라 나라가 백성을 보호해 줄 것을 기대한다는 건 언감생심이었고, 힘없는 나라의 백성들은 무슨 일을 당해도 그저 속수무책이었습니다.

　이 사건으로 인해 김성도의 아버지, 즉 소월의 할아버지가 받은 충격은 누구보다 컸어요. 자신의 뒤를 이어 집안을 일으킬 맏아들이 졸지에 정신이상자가 됐으니, 조상에게 죄를 짓고 하늘이 무너지는 것 같은 심정이었을 거예요. 소월의 할아버지가 소월에게 줄곧 지극한 애정을 쏟게 된 것은 이러한 사정이 밑바닥에 깔려 있었기 때문이라고 해도 지나치지 않아요.

소월 역시 어린 시절에 겪은 이 사건으로 인해 이후의 삶에 지울 수 없는 상처를 안고 자라게 됩니다. 아무리 할아버지가 사랑을 베풀어 준다 한들 아버지의 자리를 대신해 줄 수는 없었을 테니까요. 아버지는 있으되 없는 것이나 매한가지인 상황인 데다, 어머니는 남편 병간호에 매달리느라 아들에게 충분히 신경을 써 주지 못했어요. 따라서 소월의 시에 줄곧 나타나는 상실감은 유아기 때부터 몸에 밴 것이라고 할 수 있습니다.

아버지의 빈자리와 숙모와의 만남

소월이 네 살 되던 해에 소월의 작은아버지가 계희영이라는 여자와 결혼을 하게 됩니다. 갓 열여섯 살의 나이로 시집을 온 새색시를 본 어린 소월은 무척이나 좋았던 모양이에요.

"야, 새엄마 예쁘다."

소월에게는 숙모, 즉 작은어머니가 되는 셈이지만, 소월은 계희영을 보자마자 새엄마라고 부르며 마치 엄마처럼 따르며 좋아했어요. 그런 모습을 본 소월의 어머니는 마침 잘됐다고 여기며 계희영에게 소월을 잘 보살펴 줄 것을 당부합니다. 자신은 정신을 놓은 남편 뒷바라지에도 힘이 부쳤기 때문에 소월에게 사랑을 베풀어 줄 누군가가 필요했기 때문이지요.

소월은 하루 종일 숙모 곁에서 붙어살다시피 했습니다. 숙모 계희영 역시 그런 소월을 귀여워하며 잘 돌보아 주었고요. 숙모는 나중에 평양으로 이사 갈 때까지 20년 가까이 소월과 더불어 지내게 돼요. 그런 숙모가 없었다면 어린 시절 소월의 삶을 이만큼이라도 알기는 힘들었을 거예요.

소월은 사람을 사귀는 폭이 좁았고, 문단에 나와서도 다른 문인들과 특별한 교류를 하지 않았습니다. 그래서 기록으로 남아 있는 소월과 관련된 일화가 그다지 많지 않아요. 그러다 보니 잘못된 이야기가 마치 사실인 것처럼 떠돌기도 했어요. 숙모 계희영은 이런 사실을 안타깝게 여기다 자신이 스스로 소월의 삶을 정확하게 전달해야겠다고 마음먹었어요. 서울로 내려와 살던 계희영은 1969년에 『내가 기른 소월』이라는 책을 펴냅니다. 너무 오랜 세월이 지난 다음에 기록한 내용이라 일부 잘못된 사실이 있고, 자신의 집안 이야기인 탓에 팔이 안으로 굽듯 흠은 숨기고 가능하면 좋은 쪽으로만 해석을 했을 수는 있어요. 그래도 가장 가까이에서 소월을 지켜본 이의 기록이기에 신빙성이 매우 높고, 소월을 연구할 때 빼놓을 수 없는 책이 되었습니다. 이렇듯 계희영은 소월을 길러 냈을 뿐만 아니라 사후에도 김소월 연구에 귀중한 자료를 제공해 주었어요.

계희영이 기억하는 어린 시절 소월의 모습은 무척이나 밝고 명랑했으며, 기쁜 일이 있으면 그 자리에서 깡충깡충 뛰곤 했으며, 특히 옛날이야기 듣는 것을 좋아해서 숙모의 치맛자락을 잡고 다니며 옛날이야기를 들려 달라고 졸랐대요.

"새엄마, 옛날이야기 해 주세요."

그러면 계희영은 자신이 읽어서 알고 있는 고전소설의 줄거리를 풀어서 들려주곤 했습니다. 우리가 익히 아는 「춘향전」이며 「심청전」, 「장화홍련전」 같은 이야기부터 「소대성전」처럼 조금은 생소한 소설 이야기까지 자신이 아는 모든 이야기를 풀어 놓아야 했어요. 다행히 계희영은 부잣집에서 자란 덕에 언문을 익히고 신학문도 조금 접한지라 또래들에 비해 아는 게 많았어요. 소월의 채근에 못 이겨 한 편 두 편 이야기를 들려주다 보니 소월은 틈만 나면 숙모를 찾게 되었어요. 그래서 때로는 잠자리에 들어야 할 시간을 놓쳐 새벽닭이 울 때까지 이야기를 들려주어야 했고, 일을 하는 중에도 이야기를 해 달라고 조르는 통에 방해가 되기도 했어요. 그리고 소월은 가만히 이야기만 듣는 게 아니라 이야기 중에 자신이 모르는 말이나 이해가 되지 않는 대목이 나오면 꼭 질문을 해 댔어요. 질문 때문에 이야기가 자주 끊기기도 했는데, 소월이 워낙 호기심이 많은 탓이었습니다.

　"자네는 어쩌면 그렇게 얘기를 재미나게 잘하나? 갓놈에게 자네 같은 사람이 있어 참 다행이네."

　소월의 어머니는 계희영에게 고마움을 느끼기도 했지만, 한편으론 서운한 마음이 들기도 했습니다. 계희영이 시집 온 지 석 달 만에 친정을 다니러 가게 되자 소월은 가지 말라고 붙잡다가, 어머니의 등에 업혀 고갯마루까지 따라와서 전송을 했어요. 그런 모습을 보며 소월의 어머니는 농담 삼아 이렇게 말하기도 했습니다.

　"아무래도 자네에게 아들을 빼앗긴 느낌일세."

소월의 어머니는 비록 병든 남편 때문에 소월에게 다소 소홀한 점이 있긴 했어도 소월을 아끼고 사랑하는 마음은 지극했어요. 뿐만 아니라 집안 살림은 물론 마을 일까지도 도맡아 할 정도로 뛰어난 일꾼이었어요. 소월의 할아버지가 자신의 아내를 제쳐 두고 며느리인 소월의 어머니에게 집안일을 모두 맡길 정도였으니까요. 그런 어머니의 사랑을 독차지하고 싶어서였을까요? 소월은 어머니에게 동생을 낳지 말라고 조르곤 했습니다. 그러다가 소월이 여섯 살 되던 해에 어머니가 소월의 여동생을 낳게 되는데, 이름이 김인저예요.

어머니 이야기가 나온 김에 어머니를 등장시킨 소월의 시 한 편을 읽어 볼까요?

부모

낙엽이 우수수 떨어질 때,
겨울의 기나긴 밤,
어머님하고 둘이 앉아
옛이야기 들어라.

나는 어쩌면 생겨 나와
이 이야기 듣는가?
묻지도 말아라, 내일 날에
내가 부모 되어서 알아보랴?

자, 이제 시에 나타난 풍경을 머릿속에 그려 가면서 다시 한 번 읽어 보세요. 겨울밤에 어머니와 마주 앉아서 이야기를 나누는 정겨운 모습이 떠오르지 않나요? 그러면서도 어딘지 모르게 쓸쓸함이 느껴지기도 할 거예요. '낙엽이 우수수 떨어'지는 모습이 그런 분위기를 나타내 주지요. 그래서 시인은 홀로 생각에 잠깁니다. 나는 어떻게 해서 이 세상에 태어나게 됐을까? 사람은 누구나 그런 생각을 해 볼 때가 있어요. 이런 걸 자기 존재에 대한 근원적인 질문이라고 하는데, 여러분도 가끔 그런 생각을 떠올리곤 했을 거예요.

여기서 중요한 질문 하나를 던져 볼게요. 이 시의 제목이 '부모'인데도 왜 아버지는 등장하지 않고 어머니만 등장할까요? 뭔가 떠오르는 게 있지요? 맞아요. 앞서 말한 것처럼 소월에게 있어 아버지는 없는 존재나 마찬가지였어요. 대신 그 자리를 어머니가 메워 주었을 거고요. 시인이 자기가 어떻게 해서 생겨났을까를 고민하게 된 까닭 중의 하나가 아마 아버지의 부재 때문이었을 거예요. 그래서 이 시가 어머니와 옛이야기를 나누는 아름다운 그림을 배경으로 하고 있으면서도 어딘지 모르게 쓸쓸함을 띠게 된 거겠지요.

소월은 기억력이 좋았습니다. 그래서 동네 아이들을 모아 놓고 숙모에게 들은 이야기를 다시 풀어서 들려주곤 했어요. 뿐만 아니라 관찰력도 좋아서 바깥나들이를 할 때 마주치는 사물이나 곤충, 자연현상 같은 것들을 유심히 살펴보고 자신의 해석을 곁들여 이야기를 만들어 내기도 했어요. 예를 들면 개미가 부지런히 기어가는 모습을 보고, 개미가 새 며느리를 맞느라 바쁜 모양이라고 하는 식

이었어요. 그러다가도 궁금한 게 있으면 그냥 지나치지 못하고 곤란한 질문을 던지곤 했대요.

"샘물에서 바가지로 물을 뜰 때면 왜 저어서 떠요?"

"그림자는 왜 생기는 건가요?"

"달은 왜 작아졌다 다시 커져요?"

이렇듯 하도 묻고 따지는 바람에 집안 어른들이 소월을 일러 '깐 깐 아재비'라는 별명으로 불렀다는군요. 어릴 적부터 호기심이 참 많은 아이였다는 걸 알 수 있습니다. 시인은 사물이나 풍경을 남들과 다르게 보고 해석해 낼 수 있는 힘이 있어야 해요. 그런 면에서 소월은 이미 어릴 때부터 시인이 될 소질이 많았다고 볼 수 있지요. 그런 소월에게 숙모는 둘도 없는 보호자이자 동무였어요. 소월의 문학적 감수성은 타고나기도 했겠지만, 숙모인 계희영의 영향과 도움을 받아 더욱 풍부해졌다고 할 수 있습니다.

소년으로 성장한 소월

어려서 소월은 할아버지에게 한문을 배웠습니다. 할아버지가 한 문책을 읽고 있으면 곁에서 듣고 있다 바로 외워서 따라 읽을 만큼 소월은 총명했대요. 마을 사람들이 신동이 태어났다는 말을 주고받을 정도였다고 하니까요. 하지만 한문만 익혀서 살아갈 수 있는 시대는 끝나 가고 있었습니다.

마침내 1905년에 소월이 살던 남산리에도 근대식 학교가 세워져요. 그때까지는 작은 서당이 하나 있을 뿐이었어요. 그러다 평안도 시골 마을까지 개화 바람이 불기 시작하고, 신학문을 배워야 새 세상을 건설할 수 있다는 자각이 사람들 사이에 퍼지게 됩니다. 시대의 흐름을 놓쳐서는 안 되겠다는 생각에 공주 김씨 문중이 힘을 합쳐 남산 중턱에 세운 학교가 남산보통학교예요. 운동장의 넓이가 4천 평 정도 되고, 학교 건물은 ㄷ자 형태에 수십 칸의 교실을 들였어요. 교사 앞에는 연못을 파서 금붕어를 길렀고, 울타리에는 개나리와 진달래를 심어 누가 보더라도 훌륭한 학교를 탄생시켰지요. 남산학교를 바라보는 마을 사람들의 자부심은 대단했대요. 스스로 세운 학교이기에 더욱 그러했을 거예요.

남산리에 사는 아이들은 너나없이 남산학교에 다니기 시작했고, 소월 역시 여덟 살 되던 해 봄에 남산학교의 학생이 됩니다. 학생 중에는 소월보다 나이가 든 아이들도 많았어요. 심지어 소월의 작은 숙부도 같은 학교에 다녔을 정도예요. 소월은 나이도 가장 어리고 키도 제일 작아서 교실 맨 앞줄에 앉아 공부를 했어요.

학교를 다니면서 소월은 부쩍 성장을 합니다. 더 이상 어리광을 부리지도 않았고, 어른들에게는 경어를 쓰기 시작했어요. 숙모에게도 더 이상 새엄마라는 호칭을 쓰지 않고 작은엄마라는 제대로 된 호칭을 썼고요. 그러면서 자신보다 일곱 살이나 많은 숙부가 잘못을 해서 야단이라도 맞으면, 왜 어른의 말을 안 들어서 야단을 맞느냐며 나무라기도 할 정도로 당돌한 모습을 보이기도 했대요.

학교를 다니는 동안에도 소월은 여전히 숙모를 잘 따랐어요. 옛날이야기를 들려 달라고 조르는 것은 변함이 없었지만, 이야기를 듣는 틈틈이 자신이 학교에서 보고 들은 것을 숙모에게 들려주는 일이 많아졌어요. 숙모가 제대로 알아듣지 못하면 몇 번이고 계속해서 설명을 해 주기도 했대요.

남산학교는 근대식 학교답게 서양 학문을 가르치는 한편 학예회와 강연회 같은 행사를 열기도 했습니다. 그중에도 유명 연사들을 초청해서 연설을 듣는 강연회는 마을 사람들에게 애국 사상을 불어넣는 기회가 되었어요. 그 당시의 학교는 단순한 교육기관이 아니라 독립운동의 발판이 되기도 했기에 이후 일제의 감시와 탄압을 받게 돼요. 남산학교에 와서 강연을 한 연사 중에는 소월의 고모부인 김시점이라는 인물도 있었어요. 열렬한 애국주의자이자 민족주의자인 김시점은 강연을 할 때마다 기독교 사상을 전파하고 민족의 앞날을 위해 젊은이들이 나서 줄 것을 호소했어요.

이에 반해 소월의 할아버지는 금광 사업을 하느라 서울에 자주 다니면서 개화사상을 접하고 손수 머리를 자르는 등 일찍부터 근대 문물을 받아들이긴 했지만, 독립사상과는 거리를 두었던 분입니다. 소월의 할아버지는 나라보다 자신의 집안을 먼저 생각했고, 공연히 앞장서서 독립을 외치다 다치는 것을 경계했어요. 그래서 소월에게도 독립사상에 물들지 말 것을 당부하곤 했지요. 자신의 일가인 김시점이 일본 경찰의 감시를 받고 끝내 옥살이를 하는 것을 본 다음부터 그런 생각이 더욱 굳어졌다고 하네요.

그런 할아버지의 처세와 당부에도 불구하고 남산학교에 다니면서 소월은 점차 민족의식에 눈을 뜨기 시작합니다. 나라 잃은 슬픔에 대해 생각하게 되고, 자신의 아버지가 일본인들에게 몰매를 맞아서 정신이상이 된 것에 대해서도 다시금 울분을 느끼게 되지요.

한번은 소월이 숙모의 친정 나들이에 따라간 일이 있습니다. 그 집에는 기영이라는 같은 또래의 친구가 살았어요. 둘은 금방 친해져서 함께 어울려 놀았는데, 둘 다 귀하게 자라서인지 툭하면 서로 고집을 부리며 싸우곤 했어요. 그럴 때마다 숙모가 싸우지 말라고 타일렀지만 말을 듣지 않았어요. 그러면서 소월은 싸운 게 아니라 자신이 기영이를 타이른 것이라고 우기면서 다음과 같이 말했대요.

"기영이는 사람이 되려면 아직 멀었어요. 백성은 백성 노릇하고 사람은 사람 노릇을 해야 하는데, 기영이는 어려서 그런 걸 몰라요."

한편 이 무렵부터 소월이 부쩍 외로움을 타기 시삭합니다. 선우와 직녀 이야기를 듣던 중 눈물을 흘리는가 하면, 유독 슬픈 이야기 듣는 걸 좋아했어요. 자신은 외로우며, 그렇기에 울어야 한다고 말하는 소월은 이제 유아기를 벗어나 슬픔을 아는 어엿한 소년으로 성장하기 시작한 겁니다.

등불과 마주 앉았으려면

적적히
다만 밝은 등불과 마주 앉았으려면
아무 생각도 없이 그저 울고만 싶습니다.

왜 그런지야 알 사람이 없겠습니다만은.

어두운 밤에 홀로이 누웠으려면
아무 생각도 없이 그저 울고만 싶습니다.
왜 그런지야 알 사람도 없겠습니다만은,
탓을 하자면 무엇이라 말할 수는 있겠습니다만은.

　이 시「등불과 마주 앉았으려면」에는 외로운 소월의 모습이 그대로 드러나 있습니다. 누구든 자신의 심정을 알아줄 사람이 없을 때 가장 외로운 법이지요. 울고만 싶은 심정을 풀어 놓고 싶어도 그럴 대상이 없고, 울고 싶은 이유가 없는 것도 아니지만 그런 까닭을 풀어 놓는 것조차 부질없는 일이라는 데 생각이 미치면 얼마나 막막하고 외로웠을까요?

　소월은 유복한 환경에서 남부러울 것 없는 어린 시절을 보냈습니다. 아버지에게 밀어닥친 비극만 없었다면 누구보다 행복한 추억을 간직할 수 있었을 거예요. 그런 소월이 한번은 큰 병에 걸려 생사의 갈림길에 섰던 적이 있어요. 소월이 열두 살 되던 해에 전국을 휩쓸던 장티푸스라는 열병에 걸려 앓아눕게 된 거예요. 그때만 해도 의료 기술이 지금처럼 발달하지 않아서 장티푸스로 목숨을 잃는 경우가 많았어요. 그런 데다 하필이면 병에 걸린 때가 소월의 생일이 들어 있는 달이었어요. 당시에는 생일이 든 달에 큰 병에 걸리면 죽는다는 속설이 있었던 모양이에요. 어린 소월도 그런 소문을 들어 알고 있었기에 자신은 이제 죽을 수밖에 없다며 약도 제대로 먹으려 하지 않았어요. 다행히 치료가 잘되어 완쾌 단계에 접어들었는데도 소월은 자신이 죽고 말 거라는 두려움에서 빠져나오지 못했어요.

"나는 죽을 거야. 그러니 밥은 먹어서 뭐해."

어머니가 밥상을 들고 가도 한사코 뿌리치기만 했어요. 그렇게 애를 태우던 소월을 숙모가 살살 달래며 죽을 떠먹이곤 해서 병을 낫게 했어요.

소월은 감성이 풍부하고 눈물이 많기도 했지만, 그런 모습이 소월의 전부는 아닙니다. 뜻밖에도 소월은 주산을 매우 잘해서 주산 대회에 나가 상을 타기도 했고, 장기도 무척 잘 두어서 동네 어른들과 시합을 해도 결코 지지 않았어요. 손재주가 좋아 나무로 장기 알을 직접 깎아 만드는가 하면 풀피리를 잘 불었다고도 해요.

다재다능한 데다 쾌활한 성격을 지니고 있던 소월이 나이를 먹으면서 점점 내성적으로 변해 간 데는 아무래도 소월을 둘러싼 환경이 영향을 미쳤다고 보는 게 타당한 해석일 겁니다. 폐인이 된 아버지와 그 원인을 제공한 나라 잃은 설움에 대해 생각하는 시간이 많아지면서 가슴에 쌓인 한도 깊어졌겠지요. 불행한 시대를 타고난 천재 시인의 싹은 그렇게 조숙한 단계로 접어들기 시작했습니다.

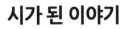

시가 된 이야기

| 시 「접동새」와 「물마름」에 얽힌 이야기 |

사연이 담긴 이야기는 상상력을 자극하게 되고, 그러한 상상력이 발전하면 시가 되기도 합니다. 특히 비극적인 이야기일수록 더욱 시적인 감정을 불러일으키곤 하지요. 소월이 비극적인 이야기를 소재로 삼아 만든 시들을 만나 보러 갈까요?

진두강가에 아홉 동생을 둔 누이

하루는 숙모가 소월에게 이야기를 들려주었습니다.

"옛날에 말이지. 저기 저 평안도 박천의 진두강가에 아홉 동생을 둔 누이가 살았단다. 그러다 어머니가 병에 걸려 돌아가시고 난 다음 새로 의붓어미가 들어왔단다. 그런데 못된 의붓어미는 아이들을 심하게 구박하였다는구나. 세월이 흘러 누이의 나이가 차서 시집갈 때가 되었는데, 마침 이웃 마을 부잣집 도령과 혼약하여 많은 예물을 받게 되었대.

이를 시기한 의붓어미는 예물을 모두 빼앗고는 누이를 장롱에 가두었다가 불에 태워 죽였다지 뭐니. 동생들은 누이의 죽음이 너무 슬퍼서 타고 남은 재를 헤치며 울고 있었는데, 그때 재 속에서 접동새

한 마리가 날아오르더라는구나. 죽은 누이가 접동새가 되어 날아간 거지. 나중에 관가에서 이 사실을 알고 의붓어미를 잡아다 불에 태워 죽였는데, 이번에는 재 속에서 까마귀가 나왔단다. 그 후로 접동새는 동생들이 보고 싶지만 까마귀가 무서워 깊은 밤중에만 와서 울었다는구나……."

숙모가 들려준 진두강 설화는 그대로 소월의 시 「접동새」의 기본 줄기를 이루는 소재가 되었지요.

접동
접동
아우래비 접동

진두강(津頭江) 가람가에 살던 누나는
진두강 앞 마을에
와서 웁니다.

옛날, 우리나라
먼 뒤쪽의

진두강 가람가에 살던 누나는
의붓어미 시샘에 죽었습니다.

누나라고 불러 보랴
오오 불설워
시샘에 몸이 죽은 우리 누나는
죽어서 접동새가 되었습니다.

아홉이나 남아 되던 오랍동생을
죽어서도 못 잊어 차마 못 잊어
야삼경(夜三更) 남 다 자는 밤이 깊으면
이 산 저 산 옮아 가며 슬피 웁니다.

호롱불 아래 젊은 숙모가 들려주는 이야기에 귀를 기울이다 너무도 가슴 아픈 사연에 저도 모르게 눈물을 떨구던 어린 소년의 모습이 떠오르지 않나요? 이 시에는 이야기의 힘이 담겨 있습니다. 아홉이나 되는 동생을 남겨 두고 의붓어미의 시샘 때문에 죽어 간 누나의 사연은 그 자체로 눈물겹지요.

소월은 숙모로부터 위 설화를 전해 듣고부터 밤에 접동새 우는 소리가 예사롭지 않게 들렸을 거예요. 그러면서 언젠가는 시로 써 보겠다는 생각을 했을 겁니다.

소월이 배재학교에 다닐 때 발표한 이 시에는 소월 시의 특징들이 고스란히 담겨 있습니다. 우리 민족을 흔히 한(恨)이 많은 민족이라고 하잖아요. 외세의 침략도 많이 받고, 지배 계층의 억누름 때문에 고달픈 삶을 살아야 했던 민중들의 설움이 쌓였기 때문이에요.

소월의 시에 설움과 한의 정서가 많이 담겨 있다고 얘기하는데,

접동새(왼쪽)와 소쩍새(오른쪽). 접동새는 두견새의 사투리로 뻐꾸기 모양의 새이며 소쩍새는 올빼미과의 여름새다. 두견새는 귀촉도, 불여귀라고도 불린다.

이 시에 등장하는 누나의 억울한 죽음이 그런 시적 분위기를 그대로 전달해 주고 있어요. 또한 죽어서도 지상에 남은 동생들을 못 잊는 모습을 통해, 소월의 시에 줄곧 등장하는 그리움의 정서를 읽어 낼 수도 있고요. 이 밖에도 '오랍동생(남동생)', '불설워(몹시 서러워)' 같은 향토적인 방언의 사용이라든지, 3음보의 율격 같은 특징들이 나타납니다.

정주성의 비극

다음 시는 「물마름」의 3연과 7연으로 소월의 시 중에서 유일하게 역사적 사건을 다루고 있으며, 전체 8연으로 되어 있는 스케일이 큰 작품입니다.

그곳이 어디더냐 남이 장군이

말 멕여 물 찧었던 푸른 강물이

지금에 다시 흘러 둑을 넘치는

천백 리 두만강이 예서 백십 리.

(…중략…)

그 누가 기억(記憶)하랴 다북동(多北洞)에서

핏물 든 옷을 입고 외치던 일을

정주성(定州城) 하룻밤의 지는 달빛에

애끊친 그 가슴이 숫기된 줄을.

시의 앞부분은 역적으로 몰려 억울하게 죽은 남이 장군에 대한 이야기로, 뒷부분은 조선 후기에 난을 일으킨 홍경래에 대한 이야기로 이루어져 있어요.

남이 장군은 실명(實名)이 그대로 등장하지만 홍경래는 직접 이름이 나오지는 않습니다. 위 시에 나오는 다북동은 다복동을 잘못 표기

서울 용산구 용문동 남이 장군 사당에 있는 남이 장군 초상화.

김소월_2

한 것인데, 홍경래가 난을 일
으키려고 모의한 장소예요.

조선시대 정주성 지도.

1811년에 나라 전체
에 큰 흉년이 들었는데 그중
에도 평안도가 심해서 민심
이 매우 흉흉했습니다. 그럼
에도 나라를 다스리는 이들
은 세도정치로 날을 새우느
라 백성들의 굶주림은 나 몰
라라 했지요. 이에 홍경래를
중심으로 한 이들이 정권을
타도하고 새로운 나라를 세우기 위해 난을 일으켰습니다. 평안도 가산
군 다복동에서 마지막 점검을 마친 홍경래는 농민들로 이루어진 천여
명의 군사를 이끌고 거사에 나서 순식간에 평안도 일대를 점령합니다.
하지만 이후 정부군의 반격에 밀려 정주성 안으로 쫓기게 되고, 넉 달
동안 결사적으로 항전을 했으나 결국 정주성이 함락되면서 홍경래도
죽고 말아요.

자신의 뜻을 펼치지 못하고 비참하게 죽은 남이 장군과 홍경래를
생각하며 소월은 탄식을 하며 눈물을 흘립니다. 하지만 정주 출신의 소
월 역시 자신의 운명이 영광보다는 비참 속에서 덧없이 스러지고 말리
라는 걸 알고는 있었을까요? 홍경래가 죽은 뒤 '정주성에서 죽은 건 가
짜 홍경래고, 진짜 홍경래는 살아 있다.'라는 말이 떠돌았듯이 소월 역
시 우리 가슴속에서 영원히 살아 있다는 사실로 위안을 삼아야 하는 걸
까요? ⊙

3

먼 후일
그때에 잊었노라,
무척 그리다가 잊었노라

{ 소월, 시에 눈뜨다 }

소월의 임

열네 살 되던 해에 남산학교를 졸업한 소월에게 결혼 이야기가 오고 가기 시작합니다. 지금으로 보면 무척 이른 나이에 결혼을 하게 된 셈이지만, 당시로는 그리 빠른 나이도 아니었지요. 열 살도 되기 전에 결혼을 한 경우도 적지 않았으니까요. 결혼 이야기가 나왔을 때 소월은 썩 내켜 하지 않았어요. 무엇보다 공부를 계속하고 싶었기 때문입니다. 하지만 할아버지와 어머니는 공부는 공부고, 일단 결혼부터 하라며 서두르는 바람에 어른들의 성화에 떠밀려 자신의 뜻과 상관없이 결혼을 하게 됩니다. 물론 신부될 이의 얼굴도 모른 채 어른들이 정해 놓은 혼처로 장가를 가야 했지요.

여러분 같으면 부모님께서 좋은 여자 구해 놨으니 지금 당장 결혼을 하라고 하면 어떻게 행동할까요? 요즘 말로 하면 아마 '멘붕' 상태에 빠지지 않을까요? 소월보다 6년 먼저 태어난 국어학자 이희승이 쓴 「열세 살 신랑, 상투 자르던 날」이라는 글이 교과서에 종종 실리는데, 그 글을 보면 당시에도 이희승은 어린 나이에 결혼을 하는 것이 무척 창피했다고 해요. 그러니 지금 여러분에게 결혼을 하라고 하면 얼굴이 빨개지다 못해, 뒤도 안 돌아보고 도망을 칠 거예요.

소월의 아내는 구성에 사는 홍씨 집안의 처자로, 소월보다 세 살이 많았습니다. 할아버지가 금광 일로 구성에 드나들며 친분을 맺은 집안이었다는군요. 아내의 처음 이름은 홍상일(洪尙一)이었는데, 소월이 여자 이름으로는 어울리지 않는다며 직접 홍단실(洪丹實)이라는 새 이름을 지어 주었어요. 이름까지 새로 지어 줄 정도면 아내에 대한 소월의 애정이 얼마나 깊었는지 알 수 있겠죠? 호적에는 홍실단으로 되어 있는데, 실수로 호적에 잘못 올렸다는 설과 홍실단이 정확한 이름이라는 의견이 대립하고 있어요.

처음에 소월은 아내의 외모가 마음에 들지 않았다네요. 홍단실은 키가 크고 얼굴도 길었어요. 요즘에는 큰 키를 미인의 조건으로 치지만 당시에는 작고 아담한 체형이라야 예쁘다는 소리를 들었대요. 소월은 아내의 외모에 실망을 했지만 그렇다고 해서 아내를 꺼리거나 멀리하지는 않았어요. 오히려 자신의 아내가 되었으니 잘났든 못났든 내 사람을 만들겠다며 늘 곁에 두고 많은 애정을 주었어요. 글을 모르는 아내를 위해 손수 글을 가르쳐 주었다는 이야기도 있어요. 그리고 자신이 공부하러 떠날 때는 남편도 없는 집에서 고생할 필요가 없다며 처가로 보낼 만큼 의식이 깨어 있었어요. 소월이 지나치게 아내를 감싸고도는 바람에 집안 어른들로부터 며느리가 버릇이 없어졌다는 소리를 들을 정도였다는군요.

소월이 아내를 사랑했다는 건 그가 쓴 시를 통해서도 알 수 있습니다.

부부(夫婦)

오오 아내여, 나의 사랑!
하늘이 무어 준 짝이라고
믿고 살음이 마땅치 아니한가.
아직 다시 그러랴, 안 그러랴?
이상하고 별난 사람의 맘,
저 몰라라, 참인지, 거짓인지?
정분(情分)으로 얽은 딴 두 몸이라면.
서로 어그점 ▪인들 또 있으랴.
한평생이라도 반백 년
못 사는 이 인생에!
연분(緣分)의 긴 실이 그 무엇이랴?
나는 말하려노라, 아무러나,
죽어서도 한곳에 묻히더라.

　시 자체로는 썩 훌륭하다고 보기 힘든 작품입니다. 하지만 소월
은 이 시를 버리지 않고 시집에 실어 놓았어요. 아내에게 바치는 시
한 편 정도는 시집에 싣고 싶었는지도 모르죠. "하늘이 무어 준(맺어
준) 짝"과 함께 살다 "죽어서도 한곳에 묻히"기를 원하는 소월의 마

어그점 어긋나게 삐뚤어 나감

음이 소박하게 표현된 시입니다.

소월과 관련해서 어린 시절에 '오숙'이라는 여자와 사랑을 나누었다고 하는 이야기가 떠돌기도 합니다. 하지만 여러 증언에 비추어 볼 때 그런 말은 터무니없는 낭설에 지나지 않음이 분명합니다. 계희영에 따르면 소월이 네 살 되던 해에 오숙은 열한 살이었으니, 애초부터 서로 정을 주고받을 만한 사이가 되지 못했어요. 이러한 사실은 북한에서 발간된 자료에도 나옵니다. 북한의 김영희 기자가 쓴 기행문「소월의 고향을 찾아서」에 오숙과 관련한 증언이 실려 있거든요.

김영희 기자가 오숙의 언니인 오철청에게 "소월의 소꿉친구인 오숙이 소월 시인의 첫 연인이며, 후에 오숙의 죽음을 슬퍼하여 소월이「초혼」을 썼다는 이야기가 있다."라고 하자 오철청은 이렇게 대답했어요.

"오숙이는 정식이가 죽기 전에 죽은 게 아니라 전쟁 때 미국놈 폭격에 죽었네."

이토록 엉터리 소문이 난 것은 아마도 소월의 시에 사랑과 이별을 노래한 것이 많았기 때문이 아닐까 싶습니다. 직접 사랑의 슬픔을 겪어 보지 않고서야 어찌 그런 시가 나올 수 있겠냐는, 다분히 추측에 의거한 말이 잘못 퍼져 나간 탓이겠죠. 하지만 소월은 평생 자신의 아내만 사랑했으며, 다른 여자와 특별한 연애 사건을 일으키지 않았습니다.

이러한 소월의 성격에 대해서는「소월의 고향을 찾아서」에 재미 있는 일화가 나옵니다.

　하루는 소월과 친구가 먼 길을 여행 중이었는데, 동산면 소재
지에 이르렀을 때 날이 어두워졌다. 친구는 자신이 면장과 잘 아
는 사이라면서 그 집에서 하룻밤 신세를 지고 가자고 했다. 소월
이 처음에는 낯선 집이라 거절을 했지만 친구가 조르는 바람에
할 수 없이 그 집을 찾아갔다. 두 사람이 들어서자 우계활이라는
이름의 면장이 반갑게 맞이해 주었다. 그런데 제대로 된 인사를
나누기도 전에 면장이 소월에게 다음과 같은 농담을 던졌다.
　"아, 그 청년이 입술이 두툼한 게 바람깨나 피우게 생겼군."
　이 말을 들은 소월은 벗었던 두루마기를 휙 집어 들고 "더러운
녀석!"이라는 말을 남긴 채 그 집을 나와 버렸다. 면장은 서로 친
해 보자고 무심코 던진 말인데, 소월은 자신을 여자나 쫓아다니
는 방탕한 생활을 일삼는 인간으로 여긴다고 생각해서 참을 수
없는 모욕을 느낀 것이다. 그날 밤 소월은 혼자 50리나 되는 밤길
을 걸어 집으로 돌아갔다.

　50리라고 하면 20km니까, 네다섯 시간은 족히 걸어야 하는 거리
예요. 화가 나서 그 먼 길을 밤새 걸어 돌아올 정도였으니 소월의 성
격도 참 꼬장꼬장하고 까칠했던 모양입니다.
　소월은 어려서 할아버지에게 한문을 배워서 그런지 유교적 태도
가 몸에 배어 있었습니다. 그래서 지나칠 정도로 도덕관념이 강했

고, 여자 문제에 있어서도 남들처럼 자유연애를 주장하거나 흠잡을 만한 행동을 하지 않았어요. 그렇다면 사랑과 이별을 노래한 소월의 수많은 시들은 어떻게 이해를 해야 하는 걸까요? 이에 대해서도 많은 오해가 뒤따르는데, 소월의 시에 자주 나오는 임을 남녀 사이의 관계로만 파악해서는 제대로 된 답이 나오지 않습니다. 대표적인 경우가 「진달래꽃」이에요. 작품의 창작 배경에 대해 계희영은 『내가 기른 소월』에서 다음과 같은 이야기를 들려주고 있어요.

소월에게 경삼이라는 외숙부가 있었습니다. 아홉 살에 자신보다 일곱 살이나 많은 처녀와 결혼한 경삼은 국내에서 공부를 마친 다음 일본까지 건너가서 유학을 한 지식인이었습니다. 남편이 공부하는 동안 아내는 줄곧 바느질과 길쌈을 해서 모은 돈을 학비로 보내 주며 남편이 성공해서 돌아오기만을 기다렸습니다. 드디어 공부를 마친 남편은 신의주에 있는 고등학교에 교사로 부임을 했지만 아내를 부르지 않았습니다. 더구나 들려오는 소문에 따르면 남편이 젊은 여자와 따로 살림을 차렸다고 합니다. 소문을 들은 소월의 어머니가 직접 확인을 하러 갔습니다. 신의주로 갈 때만 해도 자신의 동생이 그럴 리가 없다며 도리질을 했지만, 막상 가서 확인해 보니 소문은 사실이었습니다. 놀란 소월의 어머니가 동생을 야단치며 집으로 돌아올 것을 권했지만, 동생은 매정하게 누나의 손을 뿌리쳤습니다. 동생에 대한 원망과 허탈함을 안고 돌아온 소월의 어머니는 차마 올케에게 그러한 사실을 말할 수가 없었습니다. 경삼의 아내는 오로지 남편이 공부를 마치고 돌아오기만을 기다리며 15년 동안 힘든 시집살이를 하느라 고운 얼굴은 자취도 없고 피부는 이미 쭈글쭈글해졌습니다. 하지만 경삼의 아내는 그 후에도 원망하지 않고 전과 다름없이 시댁에서 묵묵히 자신의 할 일을 다했습니다. 그러다 1년 후에 남편이 죽자 슬피 울었습니다.

이러한 안타까운 이야기를 듣고 쓴 시가 그 유명한 「진달래꽃」이라는 게 계희영의 설명입니다. 자신을 버린 남편에 대한 미움도 원망도 모르던 외숙모의 마음을 생각하며 쓴 시라는 거지요. 대표작 중의 하나인 「초혼(招魂)」 역시 마찬가지입니다.

초혼

산산이 부서진 이름이여!
허공 중에 헤어진 이름이여!
불러도 주인 없는 이름이여!
부르다가 내가 죽을 이름이여!

심중에 남아 있는 말 한마디는
끝끝내 마저 하지 못하였구나.
사랑하던 그 사람이여!

소월, 시에 눈뜨다

사랑하던 그 사람이여!

붉은 해는 서산마루에 걸리었다.
사슴이의 무리도 슬피 운다.
떨어져 나가 앉은 산 위에서
나는 그대의 이름을 부르노라.

설움에 겹도록 부르노라.
설움에 겹도록 부르노라.
부르는 소리는 비껴가지만
하늘과 땅 사이가 너무 넓구나.

선 채로 이 자리에 돌이 되어도
부르다가 내가 죽을 이름이여!
사랑하던 그 사람이여!
사랑하던 그 사람이여!

시 속의 화자가 마치 절규하는 것처럼 느껴지지 않나요? 이 시는
소월의 작품 중에서 가장 강렬한 어조를 띠고 있습니다. 시의 처음
시작 부분부터 누군가를 부를 때 쓰는 '~이여!'라는 호격조사를 여
러 번 반복하는 데다 뒤에 느낌표까지 붙여서 더욱 고양된 감정을
느끼게 하지요. 더구나 '선 채로 이 자리에 돌이 되어도/부르다가

내가 죽을 이름'이라고까지 함으로써 비장한 마음을 그대로 드러내고 있어요. '사랑하던 그 사람'을 잃어버린 상실감 속에서 한 맺힌 목소리로 울부짖는 화자의 모습을 상상해 보세요. 울부짖음은 절망감의 표현일 수도 있지만, 다른 한편으로는 자신의 사랑이 영원히 변치 않을 것임을 다짐하는 모습으로 읽히기도 합니다.

민간에서 초혼(招魂)이라 부르는 의식은 사람이 죽은 뒤에 육신을 떠난 혼을 다시 불러들여 죽은 이를 살려 내려는 간절한 소망을 담아 하던 행위입니다. 그러므로 이 시는 누군가의 죽음과 관련되었으리라고 짐작해 볼 수 있겠지요. 더구나 다른 시들에 비해 감정의 강렬한 표출이 그대로 드러나 있어 시인과 매우 가까운 이의 죽음을 겪은 뒤에 쓴 작품으로 보이기도 합니다. 그 대상이 오숙이 아니란 건 앞서 말한 바와 같고, 이에 대해 계희영은 어떻게 이야기하고 있는지 한번 들어 볼까요?

소월이 남산학교에 다닐 때 가까이 지내던 상섭과 상린 형제가 있었습니다. 그런데 마을에 열병이 돌던 해에 평소 몸이 약했던 상섭이 먼저 세상을 떠납니다. 그런 일이 있은 지 얼마 안 되어 이번에는 상린이 갑자기 죽고 맙니다. 여름에 찬물로 목욕을 한 뒤 구토와 설사를 하더니 그 길로 눈을 감은 것입니다. 어이없는 친구의 죽음에 소월은 깊은 충격과 슬픔에 빠집니다. 열여덟의 나이에 어린 아내와 자식을 남겨 두고 떠난 친구를 생각하면 겉잡을 수 없을 만큼 눈물이 흘러내렸습니다. 하지만 자신이 우는 모

습을 친구의 어머니가 보면 더욱 슬퍼할까 봐 남들 앞에서는 못
울고 혼자 뒷산에 올라가 마음껏 울다가 밤이 되면 마을로 내려
오곤 했습니다.

가까운 친구의 죽음을 생각하며 쓴 시가 「초혼」이라는 거지요.
김소월이 직접 밝힌 사실이 아니므로 계희영의 증언이 얼마나 사실
에 기초하고 있는지는 알 길이 없습니다. 그럼에도 우리가 추측만
으로 시를 해석하고 창작 동기를 그럴싸하게 추론한 다음 마치 그
것이 진실인 것처럼 받아들이는 것에 대한 문제의식은 가질 필요가
있겠지요. 자칫하면 소월을 한낱 연애시에 능숙한 시인 정도로 깎
아내릴 수도 있으니까요. 그런 면에서 계희영이 다음과 같이 항변
한 것을 마음에 새길 필요가 있습니다.

　　소월의 시에 나오는 '사랑', '님'은 때로는 나라를 의미했고 때
　　로는 소월의 색시를 뜻했으며, 넓은 의미에서는 온 세상의 여성
　　을 상징했다고 할 수 있다.

소월의 시에 유난히 여성적 어조로 된 작품이 많고, 이별에 따른
설움의 정서가 폭넓게 깔려 있는 것은 분명한 사실입니다. 그렇게
된 데는 태생적 요인과 주변 환경에서 오는 요인이 함께 영향을 미
쳤을 거라고 짐작해 볼 수 있어요. 감성이라는 것은 타고나기도 하
지만 자라면서 주변의 영향을 받아 형성되기도 하는 법이니까요.

소월이 가까이 접했던 인물 중에는 유난히 서러운 사연을 지닌 여자들이 많았습니다. 당장 자신의 어머니부터 평생 폐인이 된 남편을 돌보며 살아야 했고, 숙모인 계희영 역시 늘 객지로만 나도는 남편과 살았지요. 일곱 살 아래의 남편을 뒷바라지하다 버림받은 외숙모, 아홉 살 많은 남자의 후처로 들어간 고모 등 기구한 사연을 주변에서 쉽게 접할 수 있었지요.

그렇다 할지라도 소월의 시에 나타난 한과 설움을 오로지 위와 같은 여성들의 처지를 대변한 것으로만 읽어서는 김소월의 시 세계를 지나치게 좁은 의미망에 가두는 잘못을 범하게 됩니다. 식민지 조선이라는 현실 세계의 제약성과 비극성이 밑바탕에 깔려 있음을 염두에 두고 읽는다면 그 의미가 한층 새롭게 다가올 거예요.

다음 시를 한번 살펴볼까요?

바리운* 몸

꿈에 울고 일어나
들에
나와라.

들에는 소슬비

바리운 버림받은

머구리**는 울어라.
풀 그늘 어두운데

뒷짐 지고 땅 보며 머뭇거릴 때.

누가 반딧불 꾀어드는 수풀 속에서
'간다, 잘 살어라' 하며, 노래 불러라.

이 시에서 화자는 꿈속에서 울고 있었다고 말하고 있군요. 그러면서 한밤중에 들로 나와 혼자 거닐고 있고요. 대체 무슨 꿈을 꾸었기에 다시 잠들지 못하고 밖으로 나왔을까요? 울고 있었다고 하는 걸로 보아 슬픈 꿈이었던 건 분명합니다. 꿈속에서 사랑하는 임과 헤어졌는지도 모르지요. 소월이 그동안 이와 비슷한 분위기를 지닌 시를 많이 썼으니까요. 하지만 마지막 연을 읽어 보면 그런 분위기와는 사뭇 다르다는 걸 알 수 있습니다. '간다, 잘 살어라.'라는 말을 남긴 사람은 누구일까요? 여기에 이 시를 이해하는 실마리가 담겨 있다고 볼 수 있겠네요. 사랑하는 사람과 헤어지고 떠나면서 남기는 말 같지는 않지요? 아마도 먹고살기가 힘들어서 이 땅을 떠나는 사람이 남긴 말이 아닐까 싶어요. 실제로 소월이 한창 시를 쓰고 발

머구리 개구리

표하던 1920년대에는 농사지을 땅을 찾아 만주로 건너가는 농민들이 많았습니다. 그러한 현실을 소월이 모를 리 없었을 테고요. 그렇게 생각하고 이 시를 다시 읽으면 화자가 꿈에서 울고 있었던 것도 그와 비슷한 처지의 사람을 꿈에서 만났기 때문이었을 가능성이 높아요. 이런 시들을 볼 때 소월의 한과 설움이 단지 사랑과 이별, 그리고 그리움의 정서에서만 나오고 있는 게 아니라는 걸 알 수 있습니다.

오산학교에서 인생의 전환기를 맞다

결혼과 함께 소월은 정주에 있는 오산학교로 진학을 합니다. 남강 이승훈이 세운 오산학교는 민족주의 성향이 강한 사립학교예요. 이승훈은 원래 장사를 해서 큰돈을 번 사람인데, 평양에서 도산 안창호의 강연을 듣고 감명을 받아 학교를 세웠어요. 교육을 통해 장차 조선의 미래를 이끌어 갈 인재를 양성하고자 하는 의도를 분명히 한 터라, 학교 분위기는 민족주의와 애국주의가 넘치고 반일(反日) 사상이 강했습니다.

이승훈은 학교를 설립한 주인이지만 자신의 공이나 업적을 내세우지 않고 훌륭한 교사를 모셔다 학생들을 가르치도록 한 다음 자신은 청소와 같은 궂은일을 도맡아 했습니다. 겨울에 화장실에 수북하게 얼어붙은 똥 무더기를 손수 도끼로 쳐내면서 치웠다는 유명한 일화가 전해져 올 정도예요. 한 손으로는 수염을 붙들고 다른 한

손으로는 도끼로 얼어붙은 똥 덩어리를 내리치다 보면 얼음 똥이 튀어서 입으로 들어가기도 했대요. 그러면 퉤퉤 뱉으면서도 얼음 똥을 쳐 내곤 했다네요. 그래서 이승훈은 훗날 오산 시절을 회고하며 "내가 오산에서 한 일은 똥 먹은 것밖에는 없다."는 우스갯소리를 했다고도 합니다.

오산학교는 남산리에서 통학을 할 수 없었기에 기숙사에 들어가 생활해야 했습니다. 어린 소월을 멀리 떠나보내는 식구들은 걱정과 근심이 가득했겠죠? 특히 소월의 어머니는 가지 말라고 붙잡기도 했어요. 하지만 남산학교에서 줄곧 1등을 하던 소월은 공부에 대한 갈망이 남달랐습니다. 억지로 결혼을 할 때도 공부를 계속하게 해 준다는 약속을 받아 냈을 만큼 더 배워야 한다는 생각이 강하게 소월의 마음을 사로잡았기에, 어머니도 더 이상 말릴 수 없었어요.

"다들 공부를 못 한다고 해도 나만은 공부를 해야 합니다."

이 말을 남기고 소월은 회대미재라는 고개를 넘어 정주에 있는 오산학교로 떠났습니다. 소월의 할머니와 어머니, 그리고 숙모인 계희영은 멀어져 가는 소월의 뒷모습을 말없이 오래도록 지켜보았고요.

소월이 오산학교에 입학을 하게 된 건 소월의 할아버지가 이승훈과 친분이 있었던 것도 작용을 했습니다. 이승훈이 세운 학교라면 손자를 믿고 맡길 수 있겠다는 판단을 한 셈이죠. 그러면서 할아버지는 소월이 공부를 열심히 해서 나중에 큰 인물이 되기를 바랐어요. 교육을 출세를 위한 발판 정도로 생각했던 거죠. 하지만 이러한 기대와 소월의 생각은 행복하게 합쳐지질 못합니다. 소월은 배움이 깊어 갈수록 할아버지에 대한 반감을 품기 시작하거든요. 특히 조선이 처한 현실에 대한 이야기만 나오면 소월과 할아버지는 언쟁을 벌이곤 했습니다.

소월은 오산학교에서 여러 교사를 만나 영향을 받았는데, 그중에서도 김억과 조만식을 만난 일은 소월의 삶을 크게 바꿔 놓게 됩니다. 김억을 통해서는 시에, 조만식을 통해서는 민족의식에 눈을 뜨게 되었기 때문이에요.

김억에 따르면 소월이 곽산에서 오산으로 올 때 "분홍 저고리 흰 바지에 이불보에 책상을 들머지고" 왔다고 합니다. 김억은 또 김소월에 대해 이렇게 묘사하기도 했어요.

> 소월은 키가 작고 몸집이 가냘프고 살결이 까무잡잡하고 얼굴은 동글납작한 편인데 이 얼굴의 특징으로는 견치(犬齒)가 유난히 송곳같이 뾰족하던 것과 다른 총명한 사람들 마찬가지로 그 눈이 샛별같이 빛났던 것입니다. 소월이 내심(內心)은 상냥하나 겉으로는 그는 사심성 있는 사람이 아니었습니다. 언제나 늘 체모를 찾고 얌전을 빼고 새치미를 떼고 말이 헌다하지* 아니하고 참으로 차디찬 샌님이었습니다.
>
> ─「소월의 생애」(《여성》, 1939. 6) 중에서

헌다하지 많지, 수다스럽지

영어와 작문을 가르치던 김억은 우리나라 근대문학 초창기에 선구적인 역할을 한 시인이자 문학평론가입니다. 안서(岸曙)라는 호를 사용하던 김억은 1921년에 최초의 번역시집『오뇌의 무도』를 발간한 데 이어 1923년에는 최초의 근대시집인『해파리의 노래』를 간행하여 우리나라에 근대시가 자리 잡도록 했어요. 문단에서 이미 중요한 역할을 차지하던 김억을 만난 것은 소월에게 커다란 행운이었어요.

소월이 언제부터 시를 썼는지는 정확하지 않지만, 오산학교에 들어가기 전부터 혼자 시를 썼을 겁니다. 그러다 오산학교에 들어가고, 거기서 김억을 만나 지도를 받으면서 천재성을 발휘하기 시작한 거죠.

작문 시간에 소월이 써낸 글을 받아 본 김억은 그 자리에서 소월이 범상치 않은 글재주를 가지고 있다는 걸 알아보고, 칭찬을 해 주었습니다. 그 이후 소월은 틈나는 대로 김억의 방을 찾아 자신이 쓴 시를 보여 주고, 김억은 소월이 쓴 시를 고쳐 주곤 했지요. 그러면서 칭찬과 격려를 통해 소월이 더욱 시작(詩作)에 정진할 수 있도록 힘을 실어 주었어요. 뿐만 아니라 서양시와 한시를 읽어 보게 한 다음 함께 의견을 나누기도 했어요.

결국 소월은 오산학교 졸업 후에 김억을 통해 작품을 발표하면서 정식으로 문단에 등장을 합니다. 만일 소월 곁에 김억이 없었다면 소월은 혼자서만 글을 쓰다 세상을 떠났을지도 모릅니다. 워낙 조용하고 혼자서 지내길 좋아하는 성품이라 충분히 그럴 수도 있었을 거예요. 그런 면에서 김억이 우리나라 근대 시문학에 끼친 공로는, 자신의 문학 작업보다도 오히려 소월을 발굴하여 문단에 내보낸 것이 더 크다고 해도 지나치지 않아요. 두 사람은 소월이 죽을 때까지 친분을 유지했을 뿐만 아니라, 소월이 사망한 다음에 김억은 신문이나 잡지에 소월을 추모하는 글을 쓰고, 소월의 시들을 모아 『소월 시초』라는 제목의 시선집을 간행해 주었습니다.

소월의 천재성을 일찍 파악한 김억은 훗날 소월에 대해 이렇게 말했어요.

> 모든 학과 중에서는 작문을 제일 좋아하였고 어학이 그다음이었습니다. (…중략…) 어느 편으로 보든지 조숙하였습니다. 나이가불과 17~18이라고 하면 아직도 세상을 모르고 덤빌 것이어늘 이시인은 혼자 고요히 자기의 내면생활을 들여다보면서 시작(詩作)에 해가 가고 날이 저무는 것을 모르고 삼매경에 지냈으니 조숙이라 해도 대단한 조숙이외다.
>
> ―『소월시초』를 펴내며(1939)

고당 조만식은 소월이 오산학교에 재학 중일 때 교장으로 근무하고 있었습니다. 소월과 조만식 사이에 있었던 구체적인 일화는 전해지는 게 없어요. 하지만 소월이 조만식을 존경하고 흠모한 건 분명한 사실입니다. 조만식은 교장으로 근무할 때 기숙사 사감까지 겸하며 24시간을 학생들과 함께 생활했고, 학생들과 똑같이 규율을

소월, 시에 눈뜨다

지키며 민주적인 자치 정신을 키워 주려고 노력했어요. 또한 우리 민족의 자긍심을 높이기 위해 국산품 애용 운동을 벌이기도 했고, 3·1만세운동 때는 교장직을 버리고 만세운동에 참가하여 1년간 징역살이를 하기도 했습니다. 이러한 모습이 소월에게 존경심을 불러일으켰을 거예요. 소월은 훗날 죽기 얼마 전에 조만식에게 바치는 시 「제이 엠 에스」를 발표하는데, '제이 엠 에스(J. M. S.)'는 조만식의 영문 이니셜을 딴 거예요.

제이 엠 에스

평양서 나신 인격의 그 당신님 제이, 엠, 에스
덕 없는 나를 미워하시고
재조 있던 나를 사랑하셨다,
오산(五山) 계시던 제이, 엠, 에스
십 년 봄 만에 오늘 아침 생각난다.

근년 처음 꿈 없이 자고 일어나며,
얽은 얼굴에 자그만 키와 여윈 몸매는
달은 쇠끝 같은 지조가 튀어날 듯
타듯 하는 눈동자만이 유난히 빛나셨다,
민족을 위하여는 더도 모르시는 열정의 그 님,

소박한 풍채, 인자하신 옛날의 그 모양대로,

그러나, 아아 술과 계집과 이욕(利慾)에 헝클어져

십오 년에 허주한 나를

웬일로 그 당신님

맘속으로 찾으시오? 오늘 아침.

아름답다, 큰 사랑은 죽는 법 없어,

기억되어 항상 내 가슴속에 숨어 있어,

미쳐 거츠르는[■] 내 양심을 잠재우리,

내가 괴로운 이 세상 떠날 때까지.

– 〈삼천리〉 53호(1934 .8)

이 시를 통해 소월이 방황하는 자신을 책망하며 조만식의 인품을 새삼 그리워하고 있음을 알 수 있습니다. 소월이 민족주의적인 색채를 띤 시들을 짓게 된 데는 조만식의 영향이 알게 모르게 작용을 했기 때문일 거예요.

쓰라린 상실감, 한없는 그리움

소월은 방학 때면 남산리 집으로 와서 지냈습니다. 하지만 집에 와도 함께 어울릴 만한 친구가 많지 않았던 터라 자기 방에서 책이

거츠르는 거친

79

나 읽고 글이나 쓰는 게 일과처럼 되었어요. 그러다 심심하면 숙모를 찾아가 이야기를 나누곤 했습니다. 계희영의 기억에 따르면, 이야기를 나누면서도 소월의 낯빛은 대체로 어두웠다고 해요. 그전에도 외로움을 타긴 했지만, 오산학교에 간 이후에 그런 현상이 부쩍 심해진 상태였어요.

하루는 숙모가 소월을 찾으러 다니다 배나무 위에 올라가 있는 걸 발견했습니다. 소월은 그곳에서 책을 읽고 있었어요. 소월이 혼자만의 공간을 찾다가 발견한 장소였는데, 그 후로 툭하면 배나무 위에 올라가 있곤 했어요.

"숙모님, 내가 여기 있다는 걸 아무에게도 얘기하면 안 돼요."

소월은 여름은 물론이려니와 추운 겨울에도 배나무 위에 올라가서 혼자 책을 읽었습니다. 그만큼 소월의 외로움이 깊었다는 걸 알 수 있지요. 자신이 학교에서 배운 신학문에 대해 함께 이야기 나눌 만한 상대가 없다는 것도 하나의 이유지만, 그보다는 근본적인 문제가 소월의 마음을 채우고 있었습니다.

"정식아, 너는 왜 그리 울적한 표정을 짓고 있니?"

숙모가 이렇게 물으면 소월은 말없이 눈물을 흘리곤 했습니다. 그러다 정 괴로움을 참을 수 없으면 이렇게 하소연하기도 했어요.

"나에게는 아무도 없어요. 나라도 없고 부모도 없는 놈이 무슨 낙으로 살겠어요."

"부모도 없다니 그게 무슨 소리냐? 그래도 엄마는 너를 끔찍하게 위하지 않니?"

"그러면 무슨 소용이에요. 엄마는 아버지 돌보시느라 힘들고, 밤낮 눈물이나 흘리고 계신데 저에게 신경 쓸 시간이나 있나요?"

소월의 마음에는 이렇듯 커다란 구멍이 뚫려 있었지만, 어느 누구도 소월의 상실감을 채워 줄 수 없었어요. 오직 혼자서 책 읽고 글 쓰는 시간만이 소월에게 작은 위로가 되어 줄 뿐이었지요.

이 무렵 소월은 자신의 처지에 대한 비관이 앞서, 고향 마을에 돌아와서도 그다지 기쁜 줄을 몰랐습니다. 자신을 옥죄고 있는 사슬로부터 벗어나고 싶다는 열망은 강했지만, 그렇다고 모든 것을 끊어 버릴 만큼의 용기를 가지고 있지는 못했기 때문이에요. 그런 나약한 자신의 모습이 더욱 못나 보였겠지요.

그럭저럭 시간은 흘러 오산학교에 들어간 지도 4년이 되었습니다. 그러다가 3·1만세운동이 일어났어요. 1919년 3월 1일 정오에 파고다공원에서 대한 독립 만세를 외치며 시작된 저항의 불길은 삽시간에 온 나라로 퍼져 나갔어요. 오산학교라고 해서 그 불길이 미치지 않을 리 없었지요. 오산학교 학생들은 너나없이 태극기를 들고 거리로 나왔습니다. 여러분이 당시에 학교를 다니고 있었다면 어떻게 행동했을까요? 여러분도 필시 태극기를 들고 거리로 나왔을 거예요. 그러면서 이 나라의 주인은 조선 백성이라는 걸 마음껏 외쳤겠지요. 만일 우리에게 나라가 없거나, 지금도 일제 치하에서 생활하고 있다고 생각해 보세요. 여러분도 유관순 누나처럼 행동하지 않았을까요?

하지만 그렇잖아도 오산학교를 못마땅해하던 일제 당국은 이번

기회에 오산학교를 없애 버리고 말겠다는 작정을 하게 됩니다. 일제는 만세 운동을 핑계 삼아 오산학교 건물을 불태우고 폐교 명령을 내렸어요. 불에 타 검게 그을리고 무너진 오산학교의 모습이 얼마나 참혹했을지 상상하고 싶지도 않은 일이지요. 소월을 비롯한 오산학교 학생들은 눈물을 훔치며 나라 잃은 설움을 다시금 곱씹어야 했습니다. 3·1만세운동으로 인한 폐교로 소월은 정해진 과정을 모두 마치지 못한 채, 졸업 예정자의 자격으로 수료증을 받는 것에 만족해야 했어요.

한편, 3·1만세운동 때 소월이 오산학교에서 시위대를 이끄는 등 주도적인 역할을 했으며, 그로 인해 잠시 일본 경찰에 쫓겨 다녔다고 하는 기록도 있습니다. 북한 김영희 기자의 「소월의 고향을 찾아서」에 다음과 같은 대목이 나와요.

당시 동문회 회장이었던 정식은 학생 중에서도 지도적 위치에 서서 시위 대열에 참가하였다. 정주에 있던 경찰대는 급거 오산으로 출동하였고 가슴에 전단을 품고 시위의 선두에 섰던 소월은 붙잡혀 수색을 당하였으나 눈치 빠른 그는 그 전단물을 감쪽같이 감추어 그들로부터 빠져나올 수 있었다. 그러나 오산학교의 중심 인물이었던 그는 계속 놈들의 추격을 받았다. 그는 정주군 서호리에 몸을 숨겼다.

하지만 이러한 기록은 그리 믿을 만하지 못합니다. 소월의 기질로 보아서도 그렇고, 계희영의 증언에도 그런 정황이 나오지 않거든요.

위 대목이 나오기 바로 직전에 "남산학교를 첫 자리의 성적으로 졸업하고도 윗학교에 진학하지 못하고 있던 그는 재능을 아깝게 여긴 마을 사람들의 도움을 받아 열다섯 살 때 오산중학교에 입학하였다."라고 해 놓았는데, 계희영의 증언에 비추어 보면 이는 사실과 다릅니다. 소월의 할아버지가 금광을 발굴하러 다닌다며 물려받은 논과 밭을 모두 팔아 버려 끼니 걱정을 해야 할 정도로 어려웠던 때가 있었던 건 사실이지만, 소월이 아홉 살 때 할아버지가 뒷산에서 커다란 금맥을 발견해서 큰돈을 벌었던 터라 경제적인 어려움은 없었어요. 오히려 소월은 자라면서 부잣집 장손으로 많은 걸 누리면서 살았어요.

심지어 어느 기록에는 훗날 소월이 독립운동을 하다 만주로 피신하게 된 친구에게 도피 자금을 빌려 주었다는 이야기도 나오지만 역시 믿기 힘든 말입니다. 소월은 분명 민족의식을 강하게 지니고 있었던 것으로 보이지만 그러한 의식을 직접 실천으로 옮기는 행동가는 되지 못했어요. 나라 잃은 설움과 울분을 토로하며 자책하던 변방의 지식인이 소월의 본모습에 더 어울리는 표현이라고 할 수 있어요.

오산학교가 폐교된 뒤 소월은 남산리로 돌아와 생활을 했습니다. 그 무렵 소월이 다니던 남산학교를 없애려는 일제의 움직임이 시작됩니다. 일본인들은 남산학교를 누르기 위해 그보다 더 큰 공립학

교를 지었어요. 그런 다음 학생들을 끌어들이기 위해 수업료를 면제해 주고 책과 공책, 연필을 무료로 나누어 주지요. 그래도 일본인들이 세운 학교에 가는 것을 꺼려 하는 아이들이 많자 집집마다 찾아다니며 협박과 회유를 통해 억지로 학교를 옮기게 합니다. 결국 수백 명에 이르던 남산학교의 학생 수가 수십 명으로 줄게 되고, 재정난을 이기지 못한 남산학교는 1920년에 문을 닫고 말지요.

학교가 문을 닫자 운동장에는 풀이 우거지고 연못 속의 물고기도 말라죽어 버립니다. 황량한 폐가처럼 변해 버린 남산학교를 바라보는 소월의 마음은 슬픔으로 가득 차게 되었고요. 더구나 그때는 3·1만세운동이 실패로 돌아간 뒤라 소월의 심사는 더욱 괴로웠지요. 불에 탄 오산학교와 폐허로 변한 남산학교는 망국(亡國)의 설움을 사무치게 일깨워 주는 징표나 다름없었을 거예요. 그래도 소월은 틈날 때마다 혼자 책을 끼고 남산학교를 찾아가서 교정을 거닐다 돌아오곤 했어요.

남산학교가 문을 닫은 것을 안타까워하던 소월은 학교에 다니지 못하는 아이들을 숙모 집으로 불러들여서 글을 가르쳤습니다. 자신이 배운 만큼 돌려주고자 하는 마음에서 우러나온 행동이었지요. 그래도 채워지지 않는 허전한 마음은 시를 쓰면서 달래야 했는데, 「먼 후일」 등 소월의 초기 대표작들이 대체로 이 무렵에 창작된 것으로 보입니다.

먼 후일

먼 훗날 당신이 찾으시면
그때에 내 말이 '잊었노라'.

당신이 속으로 나무라면
'무척 그리다가 잊었노라'.

그래도 당신이 나무라면
'믿기지 않아서 잊었노라'.

오늘도 어제도 아니 잊고
먼 후일 그때에 '잊었노라'.

이 시에 나오는 화자는 자신을 버리고 떠난 임을 정말로 잊었을
까요? 겉으로는 "잊었노라"라고 말하지만, 자세히 들어 보면 결코
잊지 못했다는 걸 알 수 있어요. 이런 걸 반어(反語)라고 하죠. 마지
막 연에 나오는 "오늘도 어제도 아니 잊고"라는 말을 보면 여전히
떠나간 임을 그리워하고 있다는 게 드러납니다. 시는 단순해 보이
지만, 하고픈 말을 직접 말하지 않고 돌려서 말하는 솜씨가 두드러
지는 작품이지요. 10대 후반의 나이에 이 정도의 작품을 쓸 수 있었
다는 건 정말 놀라운 일입니다.

소월은 부잣집 아들이라 얼마든지 좋은 옷을 입고 귀한 음식을 먹을 수 있었습니다. 하지만 소월은 그런 데는 별 관심이 없었어요. 소월은 어머니가 해 준 비단옷 대신 늘 검은색 무명 저고리만 입고 다녔어요. 학교에서도 부잣집 자식 티를 내는 친구들을 보면 공부도 안 하면서 헛돈이나 쓴다고 투덜대곤 했어요. 그리고 개화사상을 따른답시고 양복을 입고 다니는 사람들을 못마땅하게 여기며, 자신은 늘 한복만 고집했어요.

"조선 사람은 조선 옷을 입어야지요."

소월은 어머니와 숙모에게 늘 우리 옷과 우리말을 소중하게 여겨야 한다는 말을 하곤 했습니다. 오산에서 배우고 익힌 애국 사상과 민족주의를 생활 속에서 몸소 실천하고자 하는 태도가 몸에 밴 소월이었어요.

배워서 힘을 기를 뿐
| 소월과 민족 학교 |

소월이 다닌 학교는 그냥 평범한 학교가 아니었습니다. 실력 있는 젊은이들을 길러서 장차 빼앗긴 나라를 되찾으려는 눈물겨운 의지를 담아 세운 학교였으니까요. 그러니 학교 분위기는 조선인의 긍지로 가득 차고, 교사들의 열의와 애국심이 드높았을 것은 자명한 사실이지요. 잠시 그 당시의 역사적 상황을 살펴볼까요?

이제는 깨어나야 한다

1905년에 일제는 굴욕적인 을사조약을 강요함으로써 우리나라의 외교권 등을 빼앗아 갔습니다. 이때부터 이미 조선이라는 나라는 껍데기만 남은 처지가 되고 맙니다. 이러한 현실에 마주친 민족 지사들이 어떻게든 기울어 가는 나라를 일으켜 보겠다는 의지를 다지게 되지요.

그래서 여러 단체를 만들거나 신문과 잡지를 발행하여 민족의식을 불러일으키고, 학교를 세워 제대로 된 우리 역사를 가르치기 시작했어요. 오산학교도 그러한 흐름 속에서 세워진 학교예요.

당시에 세워진 근대식 사립학교는 크게 두 갈래로 나뉩니다. 하나는 서양 선교사들이 기독교를 전파하기 위해 세운 학교들이고, 다른

김소월_3

하나는 올바른 민족의식을 불어넣어 주기 위해 우리나라 사람이 세운 학교입니다. 선교사들이 세운 학교는 연희, 이화, 배재, 숭실 같은 학교들이고, 민족 학교로는 보성, 양정, 진명 같은 학교들이 있었어요. 지금도 이들 학교는 전통 있는 민족 사학의 맥을 이어 왔다는 자부심을 갖고 있어요.

정주에 있던 오산학교 옛 사진.

소월이 다닌 오산학교는 민족 학교 계열에 속하는데, 놋그릇을 제조하여 판매함으로써 큰돈을 번 이승훈이라는 사람이 자신의 재산을 털어 세웠습니다. 이승훈은 오산학교가 문을 열던 날, 학부모들에게 다음과 같은 연설을 했어요.

나라가 기울어 가는데 그저 앉아만 있을 수 있겠는가? 이 아름다운 강산, 조상들이 지켜 온 강토를 원수 일본인들에게 내맡길 수가 있겠는가? 총을 드는 사람, 칼을 드는 사람도 있어야 할 것이다. 그러나 그보다 중요한 것은 백성들이 깨어나는 것이다. 이 학교가 만분의 일이라도 나라에 도움이 되기를 원한다.

민족 학교에서 공부하는 학생들 모습.

다만 힘을 기를 뿐

소월이 지니고 있던 민족의식과 정치의식은 어떠했을까요? 오산학교에서 이승훈과 조만식의 가르침을 받았다는 사실에 비추어 실력 양성론에 기울었을 거라는 점을 쉽게 짐작할 수 있습니다. 독립운동의 흐름에는 가장 급진적인 방법으로 직접 총칼을 들고 싸우는 무장투쟁론부터 외국 열강들에게 조선의 처지를 호소하여 독립을 이루자는 외교론까지 다양한 흐름이 있었어요. 그중에 안창호를 필두로, 독립을 이루기 위해서는 먼저 우리 스스로 힘을 길러야 한다는 입장을 가진 사람들이 있었지요. 교육을 통한 인재 양성에 주력한 것도 그러한 흐름에 놓여 있었던 셈입니다.

다만 모든 치욕(恥辱)을 참으라, 굶어 죽지 않는다.
인종(忍從)은 가장 덕(德)이다.

힘을 기를 뿐

오직 배워서 알고 보자.

우리가 어른 되는 쯤에는

자연히 수양(修養)을 쌓게 되고

싸우면 이길 줄 안다.

　소월의 유고시 「인종(忍從)」 뒷부분에 나오는 내용입니다. 일단
은 치욕을 참고 견디는 것, 견디며 배워 실력을 기르는 것을 덕(德)으로
삼아야 한다는 생각을 그대로 드러내고 있는 작품이지요. 안창호 등의
실력 양성론에 대해서는 당시에도 패배주의라는 비판이 있었지만, 국
내에서 직접 항일 투쟁을 할 수 없는 조건에서는 불가피한 선택이라는
옹호론도 있었어요. 시에 드러난 것처럼 소월은 직접 저항의 일선에 나
설 만큼 강한 투쟁 의지를 지니고 있지는 않았어요. 소월은 자기가 할
수 있는 일, 즉 시를 통해 집과 고향과 임을 잃은 자의 설움을 노래함으
로써 조국을 잃어버린 식민지 백성들의 아픔을 위로해 주었다고 할 수
있습니다. ◉

4

그리운
우리 님의
맑은 노래는

{ 시인이 된 소월 }

문단에 이름을 내밀다

소월이 열아홉 살이 되던 1920년, 드디어 문단에 자신의 이름을 올리게 됩니다. 우리나라 최초의 종합 문예 동인지 〈창조〉에 「낭인 (浪人)의 봄」 등 5편의 시를 싣게 되거든요. 이어서 잡지 〈학생계〉에 「먼 후일」 등이 실리게 되는데, 이러한 과정에는 모두 스승 김억의 힘이 작용을 했어요.

소월의 문단 데뷔를 도운 동인지 〈창조〉는 1919년 2월 1일에 일본 유학생이던 김동인, 주요한, 전영택이 주축이 되어 도쿄에서 처음 발행했어요. 이후 1921년에 9호로 발행을 마감할 때까지 뒤이어 나온 〈폐허〉, 〈백조〉와 더불어 우리나라 근대문학의 주춧돌을 놓아 준 매우 중요한 동인지예요. 8호부터 편집 동인으로 참여하게 되는 김억이 그전부터 친분이 있던 동인들에게 소월의 작품을 소개한 것으로 알려져 있습니다.

하지만 소월의 등단작들은 크게 주목을 받지는 못했습니다. 함께 실린 시들인 「오과(吾過)의 읍(泣)」, 「야(夜)의 우적(雨滴)」과 같은 작품은 제목부터 어색하고 고리타분한 냄새가 나잖아요. 그건 아직

한문과 우리말을 섞어 쓰던 습관에서 벗어나지 못했기 때문이에요. 중요한 낱말은 한자어로 쓰고 조사 같은 것만 우리말로 쓰는 걸 국한문혼용체라고 하는데, 우리나라 근대문학은 이러한 옛날 문체를 버리고 우리말로 된 새로운 문체를 만들어 내는 데서부터 출발을 합니다.

　제목뿐만 아니라 이들 작품은 문학적 수준 또한 그리 높지 않았어요. 아마 틀림없이 김억이 골라 준 작품들일 텐데, 작품을 보는 김억의 눈이 그다지 예리하지 못한 것을 알 수 있지요. 〈창조〉의 동인이던 소설가 김동인이 후에 회고하기를, 처음 소월의 시를 보았을 때 "안서의 졸악(拙惡)한 면만 그대로 흉내 낸 것이었다. 그래서 그 원고를 집어치우고 이 소안서(小岸曙)의 장래를 무시하여 버렸다."고 할 정도였으니까요. 소월을 소안서, 즉 '작은 안서'라고 표현했는데, 이 말은 소월이 안서 김억의 작품을 흉내만 내는 존재라고 본 겁니다. 그중에서도 안 좋은 점만 따라 하는 것 같아서 마음에 안 들었다는 얘기죠. 김동인은 나중에 〈개벽〉에 실린 소월의 작품들을 보고 "사람은 속단(速斷)이라는 것을 삼갈 것이라고" 하며 놀라움을 감추지 못합니다. 결국 소월은 나중에 시집을 묶으면서 〈창조〉에 실었던 시를 모두 빼 버려요. 소월 자신의 눈에도 성에 차지 않는 작품들이었을 테니까요.

　문단에 등장하면서 본명인 정식 대신 '소월(素月)'이라는 호를 사용하게 되는데, 처음에는 김억이 지어 준 것이라는 설이 유력했으나, 나중에 밝혀진 대로 소월 본인이 직접 지은 게 분명합니다. 「소월의 고향을 찾아서」에는 소월의 고향에서 만난 지인들의 말을 다음과 같이 옮겨 놓았어요.

어느 해인가 소월은 송하 노인에게 자기의 필명을 소월이라 짓는 것이 어떤가 하고 물었다. 송하 노인도 찬성했는데 그 이름의 유래는 다음과 같다.

소월은 소산에 뜬 달이라는 말인데 고향 산에 뜬 달로서 언제나 그리운 향토를 지켜보겠다는 뜻이요, 나아가서는 내 나라를 잊지 않겠다는 뜻이다.

이런 큰 뜻이 기본을 이루고 '소(素)' 자는 희다, 소박하다는 뜻과 바탕 또는 근본이라는 뜻으로도 쓰이는데 흰 달과 같이 결백하여 소박하며 근본을 잊지 않겠다는 뜻이다.

소산(素山)은 소월이 살던 고향의 뒷산인 남산봉의 옛 이름입니다. 그리고 송하 노인은 소월보다 열한 살 위로, 항렬로 따지면 소월의 할아버지뻘이 되는 분이고요. 그럼에도 소월과 남산학교를 함께 다녔는데, 오히려 송하 노인이 소월보다 두 학년이 아래였다는군요. 고향에서 소월과 함께 살며 교류했던 이의 증언이니, 충분히 신뢰할 만한 내용이에요. 소월이 달을 좋아하여 남산의 보름달맞이에 빠지지 않고 참석했으며, 초승달이 뜬 밤에도 달구경을 나가곤 했다는 숙모 계희영의 증언까지 보태어 생각하면 더욱 그럴듯하게 여겨집니다.

시인이 된 소월

「진달래꽃」의 탄생

등단 직후에 별다른 주목을 받지 못하던 소월은 1922년부터 1923년 사이에 잡지 〈개벽〉을 통해 많은 작품을 발표하면서 자신의 이름을 문단에 확실하게 알리기 시작합니다. 「금잔디」, 「엄마야 누나야」, 「진달래꽃」 같은 소월의 대표작들이 이 무렵에 쏟아져 나왔으니까요.

〈개벽〉은 동학을 이어받은 천도교의 지원을 받아 펴내던 월간 종합지였습니다. 줄곧 평등사상과 자유사상, 그리고 자주독립의식을 고취하는 내용을 담아냄으로써 일제와 자주 충돌을 했지요. 그래서 잡지를 압수당하거나 발행 중지를 당하기도 하는 등 많은 시련을 겪었어요. 끝내 강제로 폐간될 때까지 당시의 지식인과 민중들에게 올바른 역사관과 사회의식을 불어넣어 주던 소중한 잡지였지요. 특히 문학계에 끼친 업적은 소중하게 평가를 받아야 합니다. 잡지를 낼 때부터 문화의 중요성을 생각해서 지면의 3분의 1 정도를 문예물로 채웠거든요. 그래서 문학사에 길이 남을 작품들이 〈개벽〉을 통해 선을 보이곤 했어요. 당연히 〈개벽〉에 실린 작품들은 여러 문인의 눈에 띌 수밖에 없고, 작품에 대한 평가를 서로 주고받기도 했지요.

따라서 소월의 시가 〈개벽〉에 실리게 됐다는 건 문단에서 그만큼 인정을 받게 됐다는 걸 뜻합니다. 더구나 한두 번도 아니고 여러 차례 작품을 실음으로써 소월 스스로 자기 작품에 대한 자신감을 얻기도 했을 거예요. 그중에서도 1922년에 발표한 「진달래꽃」은 소월을 대표하는 작품으로, 이별의 슬픔을 감상과 탄식에 빠뜨리지 않고 수준 높은 정서로 승화시켰다고 해서 흔히 고려가요인 「가시리」의 맥을 잇고 있다는 평가를 받고 있습니다.

진달래꽃

나 보기가 역겨워
가실 때에는
말없이 고이 보내 드리오리다.

영변(寧邊)에 약산(藥山)
진달래꽃,
아름 따다 가실 길에 뿌리오리다.

가시는 걸음걸음
놓인 그 꽃을
사뿐히 즈려밟고 가시옵소서.

나 보기가 역겨워
가실 때에는
죽어도 아니 눈물 흘리오리다.

가시리

가시리 가시리잇고 나는
버리고 가시리잇고 나는
위 증즐가 대평성대

날러는 어찌 살라 하고
버리고 가시리잇고 나는
위 증즐가 대평성대

잡사와 두어리마나는
선하면 아니 올세라
위 증즐가 대평성대

설온 님 보내옵나니 나는
가시는 듯 돌아오소서 나는
위 증즐가 대평성대

「가시리」에는 떠나는 임을 잡지 못하는 안타까운 심정이 그려져
있고, 이러한 정서가 「진달래꽃」에서도 그대로 나타납니다. 마지막
구절인 "나 보기가 역겨워/가실 때에는/죽어도 아니 눈물 흘리오리
다."에 담겨 있는 것은 체념이 아니라 슬픔을 극복하겠다는 다짐에

서 비롯된 것으로 해석을 하곤 하지요. 흔히 '슬프되 슬퍼하지 않는다.'는 뜻을 지닌 애이불비(哀以不悲) 혹은 애이불상(哀以不傷)이라는 한자성어를 끌어들여 「진달래꽃」에 담긴 정서를 설명하기도 하거든요.

영화나 드라마를 보면 사랑하는 남녀가 이별하는 장면이 많이 나오잖아요. 그럴 때 돌아서는 여자를 잡고 엉엉 울며 매달리는 남자를 등장시키면 어떨까요? 아마 '지질한 놈'이라는 말이 튀어나올지도 몰라요. '쿨하게' 보내 주고 말없이 돌아서며 눈물 한 방울 살짝 내비치는 식으로 처리한다면 훨씬 멋져 보이지 않을까요? 그런 모습이 성숙한 사랑의 자세일 거예요. 소월만큼 시에서 이별을 자주 다룬 시인은 많지 않습니다. 그러면서도 결코 값싼 눈물을 흘리게 하는 감상(感傷)에 빠지지 않고, 절제된 감정으로 아름다운 장면을 그려 낼 줄 알았어요.

또한 「진달래꽃」은 단순한 이별 노래가 아니라 한국인의 한이 서린 정서를 담아내면서도 3음보의 민요조 율격을 살림으로써 우리 시가(詩歌)의 전통을 이어받고 있다는 평을 받기도 합니다. 음보란 운율을 이루는 기본 단위인데, 끊어 읽기 좋게 3음절이나 4음절 정도가 한 음보를 이루곤 해요. 우리나라 민요는 대개 3음보로 되어 있어요. 대표적인 민요인 〈아리랑〉을 살펴보면, "아리랑/아리랑/아라리요"라고 시작을 하잖아요. 그다음에도 "아리랑/고개로/넘어간다"로 이어지고요. 이렇듯 음보 셋이 어울려 한 행을 이루고 있는데, 소월의 시에 이러한 3음보로 된 운율이 많이 나타납니다.

「진달래꽃」에 대한 작품 분석과 해설은 그동안 많이 이루어졌는데, 시에 나오는 '영변에 약산'에 대한 언급은 쉽게 찾아볼 수 없어요. 왜 하필이면 영변에 있는 약산일까요? 소월이 자란 고향의 남산봉에도 해마다 진달래는 피고 지고 했을 텐데요.

영변은 평안북도에 있고, 약산은 영변에서 서쪽으로 약 2km 떨어진 구룡강 왼쪽에 자리 잡고 있습니다. 산에 약초와 약수가 많아서 약산(藥山)이라는 이름을 얻었다는군요. 약산은 흔히 약산동대(藥山東臺)라고도 불리는데, 관서팔경의 하나로 꼽힐 만큼 경치가 아름답고, 봄이면 진달래가 온 산을 붉게 물들인다고 합니다. 약산동대와 관련해서는 많은 전설과 민요가 전해지고, 평안도 민요인 〈영변가〉 1절에 '영변의 약산의 동대로다. 아하 아하'라는 가사가 나옵니다. 그리고 고을 수령의 외동딸이 약산에 갔다가 절벽에서 그만 강으로 떨어져 죽고, 그 죽은 넋이 진달래가 되어 약산을 뒤덮고 있다는 전설이 전해지고 있어요. 소월이 약산 진달래에 얽힌 전설을 알고 있었을 것이고, 그런 까닭에 약산 진달래를 시에 끌어들였을 거라는 추측이 가능하지요.

소월은 시를 쓰면서 구체적인 지명을 많이 등장시켰어요. 북쪽에 있는 삭주와 구성, 삼수와 갑산은 물론 서울에 있는 왕십리와 인천의 제물포까지 끌어들였으니까요. 그중에서도 영변에 있는 약산이 가장 유명세를 탄 셈이어서, 남한에 사는 독자들은 가 본 적도 없고 갈 수도 없는 곳이지만, 누구라도 친근감을 느끼게 되죠.

우리에게 우리의 땅이 있었더면!

이 무렵 소월의 시를 높이 평가하고 상찬한 것은 월탄 박종화였습니다. 박종화는 나중에 역사소설을 주로 쓰는 소설가로 변신하지만 문단 활동을 하던 초기에는 시를 써서 시집 『흑방비곡』을 낸 시인이기도 합니다. 박종화는 소월의 시가 말과 리듬, 기교면에서 매우 뛰어나다는 평을 해 주었어요. 김억도 소월의 시에 대한 평을 내놓았는데, 김억은 소월의 작품 중에서 주로 민요풍을 띤 시들을 칭찬했고, 그런 경향의 시를 계속 써 나갈 것을 주문했지요.

김억이 김소월의 시와 민요를 연결해 평한 뒤로 김소월 하면 민요시를 쓰는 시인이라는 고정관념이 자리 잡게 됐어요. 이에 대해 김소월이 직접 반박을 하지는 않았지만, 자신의 시가 민요시라는 좁은 테두리에 갇히는 것을 원치는 않았습니다. 비록 김억이 자신을 시의 길로 이끌어 준 스승이기는 하지만, 결코 김억이 이끌고 시키는 길로만 따라가지는 않았어요. 오히려 스승 김억이 소월의 민요시를 보고 자신도 그 후로 민요풍의 시를 써서 1924년에 '민요시집'이라는 부제를 단 시집 『금모래』를 펴내게 됩니다. 시의 예술적 성취로만 본다면 소월이 김억보다 한결 뛰어났으니, 가히 청출어람(靑出於藍)이라고 할 만합니다.

소월의 시에 대해 칭찬만 있었던 것은 아닙니다. 평론가 김기진은 소월의 시는 민요적 리듬 외에는 볼 게 없다며 혹평을 내놓았어요. 운율에 비해 시의 알맹이 즉 내용이 없다는 얘기인데, 김기진이 갖고 있는 문학적 입장에서는 충분히 그런 지적을 할 만했습니다.

김기진은 1925년에 결성된 '카프(KAPF)'라는 문예 단체를 중심으로 활동하게 되는데, 카프는 본래 명칭인 조선 프롤레타리아 예술가 동맹의 에스페란토어 앞 글자를 따서 약칭으로 부르던 단체 이름입니다. 프롤레타리아는 자본주의 사회에서 자기 노동력을 팔아서 생활하는 사람들을 뜻해요. 자본가와 반대되는 말이라고 할 수 있죠.

당시에는 땅을 가진 지주와 그 밑에서 땅을 빌려 농사짓는 소작인 간의 갈등이 심했습니다. 지주들이 소작료를 너무 많이 받아서 농민들을 가난으로 내몰았기 때문이에요. 그리고 공장 노동자들도 지나치게 힘든 노동에 비해 임금이 너무 낮았어요. 그래서 땅을 가진 지주와 공장을 운영하는 자본가들에 대항해서 싸울 것을 요구하는 문학이 진정한 문학이라고 생각한 사람들이 만든 단체가 카프입니다. 그게 가난한 사람들을 위해 문학이 할 수 있는 역할이라고 본 거죠. 카프를 중심으로 모인 문인들의 작품을 흔히 계급문학 혹은 목적문학이라고 해요. 그들의 약점은 예술성보다는 작품 안에 담긴 내용을 중요하게 여기는 경향을 지니고 있었다는 거예요. 그런 관점에서 보자니 소월의 시가 눈에 썩 들어올 리 없었을 겁니다.

하지만 소월의 시가 카프 구성원들이 강조했던 것처럼 식민지 조선에서 핍박받던 가난한 민중들의 현실을 드러내야 한다는 사실을 무조건 외면한 것은 아니었어요. 소월의 가슴에는 식민지 조선인들의 비참한 삶을 안타까워하고 일제의 강압에 울분을 토로할 줄 아는 뜨거운 피가 흐르고 있었거든요. 실제로 그 무렵에 소월은 땅을 잃고 떠돌아다니는 농민들의 모습을 그린 시를 여러 편 썼고, 시집에도 실어 놓았습니다.

바라건대는 우리에게 우리의 보습 대일 땅이 있었더면

나는 꿈꾸었노라, 동무들과 내가 가지런히
벌가의 하루 일을 다 마치고
석양에 마을로 돌아오는 꿈을,
즐거이, 꿈 가운데.

그러나 집 잃은 내 몸이여,
바라건대는 우리에게 우리의 보습 대일 땅이 있었더면!
이처럼 떠돌으랴, 아침에 저물손에
새라 새로운 탄식을 얻으면서.

동이랴, 남북이랴,
내 몸은 떠나가니, 볼지어다,
희망의 반짝임은, 별빛이 아득임은.
물결뿐 떠올라라, 가슴에 팔다리에.

그러나 어쩌면 황송한 이 심정을! 날로 나날이 내 앞에는
자칫 가늘은 길이 이어 가라. 나는 나아가리라
한 걸음, 또 한 걸음. 보이는 산비탈엔

온 새벽 동무들, 저 저 혼자······ 산경(山耕)을 김매이는.

　강제로 조선을 병합한 일제는 토지조사사업을 한다는 명목으로 조선인들의 땅을 빼앗았어요. 토지를 가진 사람은 토지의 주인, 가격, 모양과 크기 등을 정해진 날까지 신고를 하도록 한 다음, 신고한 토지에는 세금을 매겼지요. 이 과정에서 아무런 지식과 정보를 갖지 못한 사람들이 신고를 하지 않았다는 이유로 총독부에 땅을 빼앗겼어요. 총독부는 그렇게 빼앗은 땅을 조선을 수탈할 목적으로 세운 동양척식주식회사에 넘긴 다음 일본인들에게 싼값에 팔았습니다.

　위 시의 제목에 나오는 '보습'은 '쟁기의 술바닥에 끼워 땅을 갈아 흙덩이를 일으키는 데에 쓰는 삽 모양의 쇳조각'으로, 쟁기질을 할 때 꼭 필요한 농사 도구입니다. 하지만 보습을 대서 갈아엎을 땅을 갖지 못해 살길을 찾아 이리저리 떠돌아다니는 농민들의 심정은 어땠을까요? 그런 농민들의 비참한 처지를 소월은 외면하지 않고 자신의 시에 담아냈습니다.

　비슷한 시기에 저항시인 이상화가 "지금은 남의 땅, 빼앗긴 들에도 봄은 오는가"라고 하며, 나라 잃은 설움을 직설적으로 읊었다면, 소월은 크게 목소리를 높이지 않으면서도 비참한 현실을 있는 그대로 표현했어요. 그러면서 "가늘은 길"로 표상되는 희망의 끈을 놓지 않으려고 했지요.

　소월에 대해 흔히 말하기를 '전통 운율을 바탕으로 사랑과 이별을 노래한 정한(情恨)의 시인'이라고 합니다. 소월 시의 밑바탕을 이루는 정서의 핵심을 정한이라는 말로 표현한 사람은 서정주 시인이에요. 정(情)은 사랑에서 비롯되고 한(恨)은 이별에서 비롯된다고 할 때, 소월 시의 중요한 측면을 일러 주는 말임을 부정할 수는 없어요. 하지만 이후에 '소월은 정한의 시인'이라는 규정이 일반화되면서 소월의 시 세계를 좁은 울타리에 가두는 역효과도 상당했습니다.

그 후에 새로운 연구자들이 소월의 시가 지닌 다양성을 탐구하기 시작하면서 소월의 시에 대한 이해의 폭을 조금씩 넓히기 시작합니다. 「옷과 밥과 자유」, 「나무리벌 노래」, 「바라건대는 우리에게 우리의 보습 대일 땅이 있었더면」과 같은 작품들을 주목하면서 소월을 뛰어난 민족시인이자 민중시인으로 바라보기 시작한 거죠. 소월이 식민지 조선의 비참한 현실을 외면하지 않았음은 물론, 결코 가녀리고 유약하기만 한 시인이 아니었다는 사실을 이제는 누구도 부인할 수 없습니다.

1926년에 발표한 소월의 시 한 편을 더 감상해 보기로 할까요?

옷과 밥과 자유

공중에 떠다니는
저기 저 새여
네 몸에는 털 있고 깃이 있지.

밭에는 밭곡식

논에 물벼

눌하게 익어서 수그러졌네.

초산(楚山) 지나 적유령(狄踰嶺)

넘어선다.

짐 실은 저 나귀는 너 왜 넘니?

　'초산 지나 적유령'을 넘어서면 어디가 나올까요? 압록강이 보이는 신의주가 나옵니다. 거기서 또 압록강을 넘으면? 바로 만주 땅으로 가는 길이 나오고요. 이 시는, 자유롭게 공중을 날아다니는 새에 견주어, 고향 땅을 등진 채 나귀에 짐을 싣고 만주를 향해 가야 했던 조선 농민들의 비참한 모습을 담은 작품입니다. 이 시만 보더라도 소월이 일제 치하에서 고통받던 민중들의 삶을 얼마나 안타까워했는지 잘 알 수 있어요.

　소월이 세상을 떠난 지 80여 년의 세월이 흘렀네요. 세월을 거슬러 소월이 살았던 시대로 돌아가 보면, 암울한 식민의 땅에서 괴로워하고 절망하던 청년 시인의 고뇌에 찬 모습이 떠오를 거예요. 소월 시의 주조를 이루는 건 상실감에서 비롯된 서러움입니다. 소월의 시에는 줄곧 집과 길과 임을 잃고 서러워하는 화자가 등장하니까요. 상실의 계기가 대부분 식민지 백성으로 살아가야 하는 서글픈 상황에서 갈라져 나왔음을 생각하면, 소월이 그리워하는 임이 결코 남녀 간에 애정을 주고받는 대상만으로 좁혀질 수 없다는 걸 알 수 있어요.

짧았던 서울 생활과 일본 유학

오산학교를 마치고 고향 집에서 쉬는 동안 소월은 중국의 한시(漢詩)와 서양 시를 찾아서 읽거나 스스로 시를 쓰면서 시간을 보냅니다. 아마도 이 시절에 가장 많은 시를 쓰지 않았을까 싶어요. 고향에 돌아와 있는 동안 등단을 하고 작품을 발표하기 시작했으니까요.

물론 틈틈이 동네 아이들에게 글을 가르치거나 할아버지의 일을 돕기도 했습니다. 하지만 머릿속에는 항상 어떻게든 다시 공부를 해야겠다는 생각이 가득했어요.

"할아버지, 저도 이제 서울로 가야겠습니다."

"서울을 가다니, 네가 무슨 일로?"

"서울 가서 못 다한 공부를 마저 할까 합니다."

"중학교까지 마쳤으니 공부는 그만큼 하면 되지 않았느냐?"

할아버지는 가능하면 보내고 싶지 않았습니다. 소월이 신학문을 배워서 장차 집안을 이끌어 갈 큰 인물이 되면 좋겠다는 생각도 있었지만, 혹시 독립사상에라도 물들어 엉뚱한 길로 빠지면 어쩌나 싶은 걱정이 앞섰거든요. 평소에 소월이 나라 걱정을 하거나 일제를 비판하는 말을 꺼내면 야단을 치며 말을 막던 할아버지였어요. 조선이 망한 것은 나라의 운이 다해서 그리된 것이니, 억지로 되돌

리려 하지 말고 운이 돌아올 때까지 현실에 순응하며 기다려야 한다는 것이 할아버지의 생각이었습니다. 할아버지가 그런 말을 꺼낼 때마다 소월은 얼마나 가슴이 답답했을까요? 장손이고 뭐고 모두 그만두고 싶다는 생각과 함께 그럴수록 서울로 가서 공부를 해야겠다고 다짐을 하곤 했을 거예요.

"김억 선생님께서 배재학교에 들어갈 수 있도록 해 주신답니다. 오산학교가 문을 닫는 바람에 마지막 1년을 제대로 마치지 못했으니 이번 기회에 배재에 가서 1년만 더 공부하고 돌아오겠습니다."

소월은 어떻게든 할아버지를 설득하려고 했어요. 마침내 할아버지는 소월에게 1년만 공부한다는 조건을 달아 배재학교에 들어가는 것을 허락하게 됩니다.

그렇게 해서 소월은 오산학교를 마친 3년 뒤인 1922년에 배재고등보통학교 5학년으로 편입을 합니다. 서울 정동에 있던 배재학교는 미국인 선교사 아펜젤러가 세운 학교였어요. 우리나라 최초의 근대식 사립학교인 배재에서도 소월은 열심히 공부해서 좋은 성적을 거둡니다.

소월이 배재학교에서 생활한 내용은 많이 알려져 있지 않습니다. 남과 스스럼없이 잘 어울리는 성격이 아니었기에 친하게 지낸 친구가 많지 않았던 탓이죠. 재학 중에 소설가 나도향과 가까이 지냈다는 기록도 있으나, 나도향은 소월이 입학하기 전에 졸업을 했으므로 사실과는 다릅니다. 다만 당시에 소월이 이미 등단을 한 상태라 자연스럽게 문인들과 어울릴 기회가 있었을 테고, 그런 과정에서 나도향을 만나 친분을 쌓았을 수는 있겠지요. 여러 정황을 종합해 볼 때, 소월은 나도향과 동갑인 데다 같은 학교 출신이라는 사실로 인해 나중에 문단 동료로 만나 친하게 지냈던 것으로 보입니다. 그런 나도향이 스물여섯의 나이에 요절을 하자, 그 충격으로 소월이 죽음에 대해 깊이 생각하게 되었을 거라는 짐작을 내놓는 사람들도 있어요.

소월은 학교생활 외에 문단 활동을 활발히 하지는 않았습니다. 그즈음에는 뜻이 맞는 문인들끼리 동인을 만들어서 함께 활동하는 일이 많았는데, 소월은 그런 쪽으로는 큰 관심을 두지 않았거든요. 등단한 지 얼마 되지 않은 것도 이유로 들 수 있겠지만 사람을 가리는 성격이 더 크게 작용했을 거예요. 죽기 전까지 스승 김억과 나도향 외에 가까이 지낸 문인이 별로 없었던 것은 소월의 협소한 인간관계를 보여 주는 대목이라고 할 수 있습니다.

소월은 배재학교에 다니는 동안에도 활발하게 문학 활동을 펼쳤어요. 재학 중에 발행한 교지 〈배재〉 2호에 모파상의 소설을 번역한 「떠돌아 가는 계집」과 창작 시 「접동」, 「달밤」, 「오시는 눈」 등을 실었고, 특이하게도 그해, 즉 1922년 10월에는 〈개벽〉에 단편소설 「함박눈」을 발표합니다. 소설의 대략적인 줄거리는 다음과 같아요.

서울에서 유학을 하는 원순이라는 젊은 청년이 그의 누나와 그녀가 낳은 지 한 달 반밖에 되지 않은 아기와 함께 살고 있습니다. 누나의 남편은 3·1만세운동에 참가했다가 일본 경찰에 쫓기는 바람에 중국 상해로 건너가 독립운동을 하고 있습니다. 누나 역시 여학교를 졸업한 인물로 조선의 사회 현실에 관심이 많은 인물입니다. 마침내 누나는 아기를 유모에게 맡긴 채 남편이 하는 일을 돕기 위해 함박눈 내리는 압록강을 건너 밤 열차로 중국 땅을 향해 갑니다. 원순과 누나는 이별을 앞두고 각자에게 주어진 길을 열심히 걸어가겠다는 결의를 다집니다. 누나는 남편을 따라 독립운동의 길로, 원순은 실력을 키우기 위해 공부의 길로 가자고.

위와 같은 줄거리만 보아도 민족의식을 강하게 담은 작품이라는 걸 알 수 있죠? 원순의 누나와 그 남편은 3·1만세운동 이후 조국의 독립을 위해 싸우고자 중국으로 떠나던 청년들의 모습을 담아낸 인물이에요. 그리고 남아서 공부를 하기로 한 원순이라는 인물 속에는 소월 자신의 모습이 얼마간 담겨 있기도 하고요.

작품 자체로는 미숙한 면이 많지만, 소월이 지니고 있던 민족의식을 알 수 있게 해 주는 소중한 작품입니다. 이 작품 이후로 다시는 소설을 쓰지 않았는데, 역시 소설보다는 시가 자신의 몸에 맞는 장르라는 걸 알았기 때문일 거예요. 참고로, 1920년 〈학생계〉 10월호에 「춘조(春朝)」라는 글을 발표했는데, 이를 소설로 분류하는 연구자들도 있어요. 하지만 특별한 사건도 없고 1인칭 화자의 감정 표출 위주로 서술되어 있는 데다 분량도 매우 짧아 소설보다는 수필로 보는 것이 옳을 듯합니다.

배재학교를 졸업한 해인 1923년 4월(5월이라는 설도 있음)에 소월은 일본 유학을 떠납니다. 일부 자료에는 배재학교를 마치고 고향 근처의 염호리 바닷가 마을에 세워진 사립 중신학교에서 교사로 아이들을 가르쳤다고 서술해 놓기도 했어요. 하지만 배재학교 졸업과 일본 유학 사이의 공백이 한 달 남짓밖에 안 된다는 사실을 생각하면 쉽지 않은 일입니다. 한 달 정도라도 있었을 가능성을 배제할 수는 없지만, 그 정도의 기간에 교사 생활을 했다고 한다면 쑥스러운 일이죠. 혹시 오산학교를 졸업하고 배재학교에 들어가기 전까지의 시간에 있었던 일을 누군가 착각해서 잘못 전달한 것이 그대로 굳어졌을 수도 있겠으나, 자료의 부족으로 그것까지는 확인이 되지 않습니다.

새로운 근대 지식에 목말라 하던 당시의 청년들이라면 대부분 바다 건너 일본으로 가는 유학길을 꿈꾸곤 했습니다. 소월도 그들과 마찬가지로 일본 유학을 떠나야겠다는 결심을 굳혔지만 당연한 절차처럼 집안의 반대에 부딪혔어요. 어머니나 숙모도 만류했지만 무엇보다 할아버지가 강력하게 반대하고 나섰어요.

"너는 이 집안의 장손이다. 그래서 잘되라고 서울로 유학까지 보내 주었지만 더 이상은 안 된다. 지금 우리 집안에 남자라고 누가 있느냐? 네 아비는 사람 구실 못 한 지 오래고, 네 삼촌들도 모두 외지에 나가 있지 않으냐. 너라도 남아서 집안을 지켜야 한다."

할아버지는 아예 소월을 외면하다시피 하며 말도 꺼내지 못하게 했습니다. 하지만 소월도 물러서지 않고 끈질기게 매달렸어요. 몇

날 며칠을 그렇게 밀고 당기며 씨름을 한 끝에 결국 유학을 가도 좋다는 허락을 받아 냈어요. 소월이 할아버지의 고집을 꺾은 셈이에요. 그리고 보면 소월의 고집도 참 대단하죠?

"네 고집에 내가 졌다. 건강하게 잘 다녀와라. 대신에 열심히 공부해서 나중에 우리 집안을 일으켜 세워야 한다."

할아버지의 당부를 뒤로하고 소월은 동경상과대학으로 진학하기 위해 일본으로 건너갔습니다. 그런데 왜 소월이 문학을 가르치는 대학이 아닌 상과대학을 택했을까요? 여러분도 한번 소월의 선택에 대해 추리를 해 보세요. 김억은 이지적(理智的)이고 냉철하며 차가운 소월의 성격에서 비롯되었을 거라고 해석하지만, 그보다는 다른 이유가 있지 않았을까요? 유학을 가자면 우선 누구를 설득해야 했을까요? 당연히 집안의 가장 어른인 할아버지부터 납득시켜야 했겠지요. 유학 경비 역시 할아버지의 도움을 받아야 했을 테니까요. 그러자면 할아버지를 설득할 수 있는 명분이 필요했을 거고, 그러한 사정이 상과대학을 선택하도록 했을 거라고 추리해 볼 수도 있을 겁니다.

우여곡절 끝에 일본으로 떠나긴 했지만 불행하게도 소월의 유학 생활은 그리 오래가지 못했습니다. 그해 9월에 관동대진재가 일어났기 때문이에요. 1923년 9월 1일 일본 간토(關東)·시즈오카(靜岡)·야마나시(山梨) 지방에서 일어난 지진은 워낙 강도가 세서 12만 가구의 집이 무너지고 45만 가구가 불탔으며, 사망자와 행방불명자가 40만 명에 이를 정도였다고 해요. 지진으로 인해 엄청난 피해가 발생하자 일본 사회는 커다란 혼란에 빠졌어요. 정부의 늑장 구호와 부실한 대처에 화가 난 일본 사람들의 불만이 마치 시한폭탄이라도 터질 것처럼 위험 상태에 다다랐지요. 일본 정부는 혼란을 막기 위해 계엄령을 선포했지만 여기저기서 터져 나오는 분노를 잠재우기는 쉽지 않았습니다. 그래서 일본 정부는 국민들의 분노를 다른 곳으로 유도하기 위한 계략을 짰어요. 혼란을 틈타 조선인들이 폭동을 일으킬 준비를 하고 있으며 우물에 독약을 풀었다는 등의 유언비어를 퍼뜨리기 시작한 겁니다. 그러자 일본인들은 눈에 핏발을 세우며 조선인 사냥에 나서기 시작했어요. 죽창 등으로 무장한 일본인들이 조선인들을 찾아다니며 무자비하게 살해하는 바람에 일본에 살던 조선인들은 도망치고 숨느라 바빴어요. 그렇게 해서 수천 명의 조선인들이 억울한 죽음을 당하게 되었어요. 관동대진재가 불러온 참극이었지요.

관동대진재 소식은 곧바로 조선으로 전해졌고, 고향에 있던 소월의 가족들도 지진 소식을 듣고 걱정에 잠 못 이루는 나날을 보내야 했습니다. 소월에게 무슨 일이라도 생긴 게 아닌가 싶어 안절부절못하며 소월에게 소식이 오기만을 기다려야 했지요. 그러던 어느 날 신문에 실린 관동대진재 사망자 명단에서 김정식이라는 이름을 발견한 가족들은 넋을 잃고 맙니다. 어머니는 실신하다시피 하여 자리에 눕고, 할아버지는 소월의 일본 유학을 끝까지 반대하지 못한 것을 자책하며 괴로워했어요.

"혹시 살아 있을지도 모르니 이제 그만 기운 차리고 일어나세요."

주변에서 소월의 어머니에게 위로의 말을 건네 보았지만, 소월의 어머니는 차라리 자신도 죽어 버리겠다며 밤낮없이 눈물만 쏟아 냈습니다. 폐인이 된 남편 대신 아들 하나 의지하고 살아온 삶이었기에 더욱 상실감이 컸던 탓이죠. 할아버지 역시 밥상도 거들떠보지 않고 한숨과 탄식으로 날을 지새웠어요.

"이게 모두 내 탓이다. 내 탓이야. 그때 내가 왜 잡질 못하고 그 먼 길을 보냈던고."

암울하게 가라앉은 집안 분위기 속에서 누구 하나 숨소리조차 크게 내지 못하는 날이 이어졌습니다. 그렇게 며칠을 보내고 난 어느날, 소월의 집으로 편지 한 통이 날아들었어요. 겉봉투에 김정식이라는 이름이 적혀 있는 걸 본 식구들은 너나 할 것 없이 기쁨의 탄성을 질렀지요. 그럼에도 선뜻 편지 봉투를 열어 보지 못했습니다. 무슨 안 좋은 소식이 적혀 있을 것만 같은 두려움이 앞섰기 때문이죠. 한참 만에 할아버지가 조심스레 봉투를 열어 편지 내용을 살펴보았더니, 평상시에 보내오던 편지와 마찬가지로 무사히 잘 지내고 있다는 소월의 안부가 담겨 있었습니다. 할아버지는 곧장 편지를 들고 며느리에게 달려가서 기쁜 소식을 전해 주었어요.

"설마 꿈은 아니겠지요? 정말로 정식이 보낸 편지가 맞지요?"

소월의 어머니는 기쁨의 눈물을 흘렸지만, 그때부터 또 정신을 잃고 허둥대기 시작했습니다. 소월을 그냥 일본에 머무르게 해서는 안 되고 하루라도 빨리 고향으로 돌아오게 해야 한다는 마음 때문이었어요. 불안감을 다스릴 수 없었던 식구들은 바로 소월에게 편지를 해서 고향으로 돌아오라고 일렀어요.

편지를 받은 소월은 바로 고향으로 돌아왔습니다. 그때까지도 소월은 자신이 죽은 줄 알고 침통한 분위기에 싸여 있었던 집안의 사정을 알지 못했어요. 그래서 잠시 고향에 들러 안부 인사만 전하고 다시 일본으로 돌아갈 생각이었지요. 간단한 여행 짐만 챙겨서 돌아온 소월은 자신을 붙들고 하염없이 눈물을 쏟아 내는 어머니의 태도를 이해할 수 없었어요.

"가려거든 차라리 나를 죽이고 가라. 죽어 이별도 아니고 생이별이 웬 말이냐?"

어머니는 다시는 일본으로 돌아갈 생각을 말라며 소월을 붙잡고 놓아주지 않았습니다.

"영영 이별하는 것도 아니고, 공부 마치면 다시 돌아올 테니 걱정 놓으세요."

"또 지진이 나면 어쩌려고 그러느냐?"

"지진이 그리 자주 나나요?"

"세상일을 어찌 안단 말이냐? 내가 애간장이 타서 못 보내겠다."

어머니와의 대화는 한 치도 좁혀지지 않고 평행선만 이룰 뿐이었습니다. 할아버지 역시 마찬가지였고, 처음 일본으로 유학을 떠날 때보다도 더욱 완강해진 반대를 뿌리칠 길이 없었어요. 결국 소월은 그대로 고향에 주저앉고 말았지요. 그렇게 짧은 유학 생활을 마감한 소월은 자신의 앞날에 대한 전망을 찾지 못해 괴로운 나날을 보내게 됩니다.

소월이 일본에 건너가서 동경상과대학에 정식으로 입학했다는 설과 입학시험에 떨어졌다는 설이 있으나, 어느 게 사실인지는 확인이 되지 않습니다. 어느 쪽이든 간에 유학이라고 부를 만한 경험을 하지는 못했으니, 소월의 일본행은 기쁨보다는 좌절만 남긴 채 짧은 막을 내려야 했어요.

조선엔 소월
아일랜드엔 예이츠

| 김소월 vs 예이츠 |

아일랜드의 시인 윌리엄 버틀러 예이츠(1865~1939)의 「꿈(원제:He Wishes for the Cloths of Heaven)」에는 애틋한 그리움의 정서가 녹아 있다는 점에서 김소월의 「진달래꽃」과 비교되곤 합니다. 어떤 시인지 함께 읽어 볼까요?

진달래꽃 vs 꿈

윌리엄 버틀러 예이츠는 아일랜드에서 나고 자란 시인입니다. 예이츠가 쓴 「꿈」이라는 시는 김억이 번역하여 〈태서문예신보〉 11호 (1918.12.14)에 발표했다가 몇 년 뒤 번역 시집 『오뇌의 무도』(1921) 에 실었어요. 그런데 이 시는 김소월이 예이츠의 영향을 받았다는 근 거로 이야기되곤 합니다. 비교를 위해서 당시에 소개된 전문을 읽어 봅시다.

내가 만일 광명의
황금, 백금으로 짜아내인

하늘의 수놓은 옷,
낮과 밤, 또는 저녁의
푸르름, 어스렷함, 그리고 어두움의
물들인 옷을 가졌을지면
그대의 발아래 펴 놓으련만,
아아 가난하여라, 내 소유란 꿈밖에 없어라.
그대의 발아래 내 꿈을 펴노니,
나의 생각 가득한 꿈 위를
그대여, 가만히 밟고 지내라.

발아래 펼쳐 놓는 것이 옷 대신 꽃이라는 점은 다르지만 그것을 밟고 지나간다는 점에서 「진달래꽃」과 상당한 유사성이 발견되죠? 소월이 이 시를 보았다는 증거는 없지만, 자신의 시보다 먼저 발표되었고 스승인 김억이 번역한 것이라는 점에서 미리 접했을 가능성이 높습니다. 그렇게 보면 두 작품의 영향 관계를 무시할 수 없는 게 사실이죠. 하지만 소월은 예이츠의 시에서 영감을 얻었을지언정, 자신만의 언어와 운율로 한국적인 정서를 담아냄으로써 단순한 모방이나 아류를 넘어서 자신만의 시를 만들어 냈어요.

예이츠의 시를 읽고 여러분은 어떤 느낌을 받았나요? 광명으로 짠 옷, 혹은 어두움으로 물들인 옷을 펼쳐 놓고 싶다는 데서 보듯 감각적인 이미지를 잘 활용하고 있습니다. 하지만 태양이나 어둠과 같은 하늘의 빛으로 옷감을 짠다는 건 애초부터 불가능하잖아요. 그런 불가능한 꿈을 꾸는 존재로서의 시인이 전면에 드러나 있어요. 결국 꿈밖에 소유한 것이 없는

젊은 날의 예이츠.

아일랜드 북서쪽 항구도시 슬라이고에 있는 예이츠의 무덤. '삶 위에, 그리고 죽음 위에 차가운 눈을 던져라. 말 탄 자여, 지나가라.'라는 묘비명이 적혀 있다.

가난함을 이야기하고 있지만, 그것이 슬픔이라는 정서보다는 시인이라는 존재의 특별함, 혹은 아름다움을 꾸며 주는 쪽에 기울어 있습니다.

반면에 소월은 '진달래꽃'이라는 아주 구체적인 사물을 끌어들임으로써 생동감을 살리는 동시에 이별의 아픔을 안으로 삭이는 화자의 슬픔을 잘 보여 주고 있어요. 예이츠의 시가 공중에 붕 떠 있는 듯한 비현실성에 토대를 두고 있다면 소월의 시는 구체적인 지명(영변)과 구체적인 사물(진달래꽃)을 매개로 한 현실성에 토대를 두고 있다고 할 수 있습니다.

꼬장꼬장한 민족주의자 VS 낭만적인 독립운동가

그런가 하면 김소월과 예이츠에게는 또 다른 공통점이 있습니다. 두 사람 모두 애틋한 동경이나 아련한 그리움과 같은 정서를 섬세하게 표현한 시인이자 민족주의자였다는 사실이죠. 예이츠는 1891년 아일랜드 문예 협회를 창립해 아일랜드 문예부흥 운동에 힘썼으며 아일랜드 독립운동에도 참여하는 등, 아일랜드 전통의 부활에 많은 관심

김소월_4

을 기울였어요. 아일랜드는 700년이나 영국의 식민 통
치를 받았던 나라로, 1921년 12월 6일에
독립했습니다. 우리나라가 일본의 식민
지가 되어 신음했던 것처럼 아일랜드도
강대국의 지배 아래 시달린 슬픈 역사
를 가지고 있지요.

　　일제강점기를 살아간 소월은 오산학교에 다니던 시절부터 애국
사상과 민족주의의 깊은 영향을 받았고 우리말과 우리글에 남다른 애
정을 가진 시인이었습니다. 소월이 개화사상의 바람으로 양복을 입고
다니던 사람들을 탐탁지 않게 여기며 "조선 사람은 조선 옷을 입어야
한다."라고 말했다는 일화를 앞에서 이야기했지요? 그리고 민족주의자
조만식을 흠모하여 그에게 바치는 시 「제이 엠 에스」를 썼다는 얘기도
했고. 그런가 하면 예이츠는 "민족성 없이 위대한 문학은 없고, 문학
없이 위대한 민족성은 없다."라고 말했다고 해요. 예이츠가 민족주의자

1916년 부활절에 아일랜드 민족주의자들이 영국에 대항해 일으킨 무장 항쟁을 그
린 페이저의 그림.

예이츠가 사랑했던 모드 곤.

의 길로 들어선 데에는 열렬히 사모했던 여인 모드 곤의 역할이 컸다고 하는군요. 모드 곤은 신념에 찬 민족주의자이자 독립운동가였는데, 그녀의 아름다움과 열정적인 삶에 반한 예이츠는 평생에 걸쳐 구애했지만 모드 곤은 결국 받아 주지 않았다고 하네요. 비록 사랑을 이루지는 못했지만 예이츠가 독립운동에 투신한 데에는 모드 곤의 역할이 컸다고 할 수 있겠지요. 식민 지배라는 불행한 시대를 살다 간 시인 김소월과 예이츠. 한 사람은 존경하는 스승, 다른 한 사람은 사모하는 여인을 통해 조국의 현실을 가슴에 담았습니다.

　　한편 소월의 시가 오랜 시간이 흐른 뒤에도 노래로 불리듯이 예이츠의 시「수양버들 공원에 내려가(Down by the Sally Gardens)」도 아일랜드 민요의 노랫말이 되어 많은 이에게 사랑받고 있습니다. 이 시는 예이츠가 우연히 만난 할머니에게서 전해 들은 3행짜리 옛 노래를 다듬어서 완성한 것이라고 합니다. 아마도 예이츠는 모드 곤을 떠올리며 이 시를 완성하지 않았을까요? 특히 이 노래는 팝페라 가수 임형주가 불러 우리나라 사람들에게도 친숙합니다. 여러분도 기회가 되면 한번 들어 보세요.

　　수양버들 공원에 내려가 내 사랑과 나는 만났습니다.

예이츠가 노래한 이니스프리 호수 섬.

그녀는 눈처럼 하얀 귀여운 발로 버들 공원을 지나갔습니다.
나뭇잎 자라듯 쉽게 사랑하라고 그녀는 나에게 말했지만
나는 젊고 어리석어 곧이듣지 않았습니다.

들녘 강가에서 내 사랑과 나는 서 있었고
나의 기울어진 어깨 위에 그녀는 눈처럼 하얀 손을 얹었습니다.
강둑 위에 풀 자라듯 쉽게 살라고 그녀는 나에게 말했지만
나는 젊고 어리석었던 탓에 지금은 눈물이 넘칩니다. ◉

5

갈래갈래
길이라도
내게 바이 갈 길은
하나 없소

{ 시집『진달래꽃』 발간 }

정 붙일 곳 없는 소월

일본 유학이 어이없이 끝나 버린 뒤 소월은 고향에 머물며 시름
에 젖은 생활을 해야 했습니다. 만일 여러분이 원하는 대학에 가는
걸 부모님이 반대한다면 어떻겠어요? 자신의 인생은 자신이 결정
해야 하는데, 그러지 못할 때의 좌절감은 이루 말할 수 없을 거예요.
더구나 가난해서 학비를 대 주지 못할 상황도 아니라면 실망감은
더 크겠지요.

소월도 집안 어른들과의 관계가 점차 벌어지고, 고향이라고는 해
도 옛날만큼의 정을 주기 힘든 나날을 이어 가야 했습니다. 답답함
을 이기지 못해 서울로 올라가서 생활하기도 했지만, 몇 달 안 돼 다
시 고향으로 돌아오고 말았어요. 아무래도 문단 생활을 하려면 서
울에서 지내는 것이 여러모로 유리했을 텐데, 소월에게는 복잡한
관계를 맺는 생활이 맞지 않았어요.

서울에서 생활할 때의 일화에 대해서는 김억이 짤막하게나마 기
록해 놓은 것이 있어요. 주로 소설을 쓰는 나도향, 염상섭 등과 어울
려 술을 마셨는데, 소월은 술을 퍽 좋아했으나 취하지는 않았다고

합니다. 남들이 술에 취해 울거나 일탈 행동을 해도 소월은 그런 모습을 보고 웃을 뿐, 자신은 흐트러지는 법이 없었대요. 소월은 담배도 피웠는데, 꼭 '카이다'라는 비싼 담배만 피웠다는군요. 다른 담배들이 5전쯤 할 때 카이다는 15전을 했다고 하니, 꽤 고급스러운 담배였어요.

남들이 왜 비싼 담배만 피우느냐고 물으면, "담배는 왜 피우오? 담배는 일종 사치요. 사치하는 바에야 사치스러운 사치를 하는 게 옳지 않소? 나는 값비싼 사치는 해도 값싼 사치는 하기 싫소."라고 했다는 걸 보면 은근히 취향이 까다롭기도 했음을 알 수 있지요. 그 중에서도 가장 시인다운 행동은 술자리에서 꼭 자신이 쓴 시를 읽곤 했다는 사실입니다. 때로는 술자리가 아니라도 마음에 맞는 친구와 만나게 되면 역시 자신의 시를 읊어 주기도 했다는군요. 하지만 이런 생활에도 크게 만족을 하지 못한 듯 소월의 발길은 다시 고향으로 향하게 됩니다.

이 무렵에 소월은 우울한 심사를 달래려 평양과 영변 등지로 여행을 다녀왔어요. 여행 중에 영변에서 채란이라는 기생을 만나 그녀에게 얽힌 슬픈 사연을 듣고, 채란이 불렀다는 노래를 채록하여 「팔베개 노래조(調)」라는 시를 쓰기도 하지요. 특이하게도 시를 얻게 된 동기를 산문으로 길게 써 놓았는데, 처음 시작하는 부분을 보면 당시 소월의 성격과 심정이 어땠는지 알 수 있습니다.

지난 갑자년(甲子年) 가을이러라. 내가 일찍이 일이 있어 영변

읍(寧邊邑)에 갔을 때 내 성벽(性癖)＊에 맞추어 성내(城內)치고도 어떤 외딴 집을 찾아 묵고 있으려니 그곳에 한낱 친화(親和)도 없는지라. 할 수 없이 밤이면 추야장(秋夜長)＊ 나그네방(房) 찬 자리에 갇히어 마주 보나니 잦는 듯한 등불이 그물러질까＊ 겁나고, 하느니 생각은 근심되어 이리 뒤적 저리 뒤적 잠 못 들어 할 제, 그 쓸쓸한 정경(情景)이 실로 견디어 지내기 어려웠을레라. 다만 때때로 시멋없이＊ 그늘진 들가를 혼자 두루 거닐고는 할 뿐이었노라.

갑자년이면 1924년으로, 소월이 일본에서 돌아온 지 1년째 되는 해입니다. 여행을 떠나 일부러 외딴곳을 찾아 숙소로 정하고, 밤에는 근심에 잠 못 이루며, 혼자 들에 나가 거닐곤 했다는 내용을 보면 소월의 복잡한 심사가 그대로 드러나 있어요.

소월은 자신이 가야 할 길을 찾지 못해 방황을 했어요. 공부도 웬만큼 했으니 서울에 가서 직장을 잡을 수도 있겠지만 그건 체질에 안 맞고, 고향에서 할아버지를 도와 금광 일을 하자니 그 역시 자신이 가야 할 길은 아니라는 생각에 고민만 깊어 갔지요. 하는 일 없이 집에 머물러 있는 것도 고역이어서 나그네처럼 떠돌고 싶지만 언제까지나 그럴 수도 없는 일이었어요. 다음 시를 읽어 보면 당시에 소

성벽(性癖) 굳어진 성질이나 버릇
추야장(秋夜長) 기나긴 가을밤
그물러질까 불빛이 꺼질 것처럼 약해지거나 흐릿해질까
시멋없이 정주 지방 사투리로 '생각 없이 멍하니'의 뜻을 지닌 말

　　　　　　　　　　시집 『진달래꽃』 발간

월이 얼마나 자신의 처지를 한탄하고 있었는지 알 수 있습니다.

길

어제도 하룻밤
나그네 길에
까마귀 가악가악 울며 새었소.

오늘은
또 몇십 리
어디로 갈까.

산으로 올라갈까
들로 갈까
오라는 곳이 없어 나는 못 가오.

말 마소 내 집도
정주 곽산
차 가고 배 가는 곳이라오.

여보소 공중에
저 기러기

김소월_5

공중에 길 있어서 잘 가는가?

여보소 공중에
저 기러기
열십자 복판에 내가 섰소.

갈래갈래 갈린 길
길이라도
내게 바이 갈 길은 하나 없소.

　시인에게는 '정주 곽산'에 어엿한 집이 있어도, 집은 더 이상 편안
히 쉴 수 있는 공간이 되지 못했습니다. 기록에는 구체적으로 나와
있지 않지만 아마도 할아버지를 비롯해서 작은아버지 등 집안 어른
들과 갈등의 골이 매우 깊었을 거예요. 일설에는 금융조합 같은 데
라도 취직을 하라는 집안 어른들의 채근이 있었다고 하니까요. 주
산을 무척 잘 놓는 데다 상과대학에 들어가려고 일본으로 유학까지
갔다 왔으니 어른들이 보기에는 금융조합만큼 좋은 취직자리가 없
다고 생각했을 법하죠. 그런데 당시의 금융조합은 조선인을 수탈하
고 일본인들의 배를 불리게 하는 기관이었어요. 그런 사정을 잘 아
는 소월로서는 금융조합 같은 일제의 앞잡이 기구에 들어가 돈을
번다는 건 생각할 수 없는 일이었지요.
　「길」이라는 시를 보면 괴로움은 점점 깊어 가고 가슴 깊이 자리

잠은 상실감이 화자를 길 위로 내몰긴 하는데, 막상 길 위로 나서 보아도 마땅히 갈 곳이 없네요. '내게 바이 갈 길은 하나 없소.'라는 탄식 어린 구절이 아무렇게나 나온 건 아닐 거예요. 어느 곳에도 자신의 몸을 편히 누일 공간이 없다는 절망감의 무게가 얼마나 견디기 힘든 고통으로 다가왔을까요?

맘에 있는 말이라고 다 할까 보냐

그런 고통 가운데서도 소월의 삶을 지탱해 준 것은 역시 시였습니다. 〈개벽〉에 여러 편의 시를 발표하는가 하면 새롭게 창간된 〈영대(靈臺)〉라는 동인지에 이름을 올렸으니까요. 1924년 8월 15일에 임장화(林長和)를 편집인 겸 발행인으로 하여 창간한 이 동인지는 김동인, 김억, 주요한, 전영택, 이광수 등 〈창조〉 동인들이 주축을 이루고 있었습니다. 소월은 그해 10월호부터 다음 해에 동인지가 폐간될 때까지 여러 작품을 발표하기는 했으나, 동인들과 인간적으로 어울리며 친밀한 관계를 쌓지는 않았어요. 김억과 김동인 등 평소에 김소월의 시를 좋아하던 선배 문인들이 이끄는 대로 따라간 듯싶어요.

한편 소월이 가장 힘을 쏟은 것은 시집을 내는 일이었습니다. 시집 발간이야말로 자신의 시 세계를 한꺼번에 보여 줄 수 있는 좋은 기회니까요. 소월은 시집에 실을 시들을 정리하는 한편 몇 차례 서울을 오가며 출판사를 알아보는 등 시집 발간을 위한 준비에 힘을 기울였어요. 그렇게 해서 1925년 12월 26일 자로 소월이 생전에 낸 유일한 시집인 『진달래꽃』을 발간합니다. 시집을 내 준 매문사(賣文社)는 김억이 차린 출판사예요. 그러므로 소월은 등단부터 시집 발간까지 스승 김억에게 큰 빚을 지고 있는 셈입니다. 처음에는 시집 제목을 '금잔듸'로 하려고 했던 모양입니다. 김억이 1925년 1월 1일 자 〈동아일보〉에 「시단 일 년」이라는 글을 발표하면서 거기에 새롭고 의미 있는 시인들을 손꼽으면서 소월을 언급했는데, '김소월(금잔듸, 미간[未刊])'이라고 표기를 해 놓았거든요. 이 무렵에 벌써 소월의 시집을 내기로 약속이 되어 있었으며, 김억이 시집 제목을 미리 달아 놓았다는 것을 알 수 있는 대목입니다.

김억은 소월이 아직 어린 데다 자신의 제자라는 생각에 직접 시집 제목을 정해 주려고 했나 봅니다. 김억은 소월의 시를 자기 마음대로 고친 일이 많아요. 소월 생전에는 물론 죽은 뒤에도 자기 마음에 들지 않는 표현을 자기 식으로 고쳐서 발표하곤 했으니까요. 시집을 내면서도 자기 생각을 반영하려고 했던 모양인데, 결국은 '진달래꽃'이라는 제목을 달고 세상에 나오게 되었어요. 소월이 자신의 견해를 굽히지 않고 밀고 나갔을 거예요. 소월은 자기 주관이 뚜렷한 사람이었다는 게 김억의 여러 글에서 반복해서 나타나고 있는 걸 보면 알 수 있어요.

『진달래꽃』은 총 127편의 작품을 수록하고 있습니다. 시집치고는 이례적일 정도로 매우 많은 시를 한꺼번에 실었지요. 그동안 소월이 심혈을 기울여 이룬 시 작업의 총결산이라고 할 만합니다. 그렇다고 해서 소월이 쓴 시들을 모두 실은 것은 아녜요. 발표를 했지만 시집에는 넣지 않은 시들도 많고, 상당수의 작품들은 시집을 묶는 과정에서 새롭게 고치기도 했어요. 물론 발표하지 않았던 작품들도 많이 들어가 있고요.

소월은 자신의 시를 마음에 들 때까지 여러 번 고쳤으며, 자기 시에 대한 자부심이 확고했습니다. 김동인이 소월에 대해 쓴 글에 다음과 같은 내용이 있네요.

> 5년 전에 내가 〈영대〉를 편집할 때에 소월은(그는 꼭 모필[毛筆]로 원고를 썼다.) 원고와 별편(別便)*으로 나에게 편지를 하였다. 그 편지에는 '구절점(句切點)**들은 주의하여 원고와 틀림이 없도록 주의하여 달라.'는 말이 있었다. (…중략…) 이러한 것을 특히 별편으로 주의해 보낸 데 소월의 작품에 대한 충실함과 자기 작품을 존경하는 경건한 태도와 긍지를 엿볼 수 있다. 사실 다른 데서도 그렇거니와 시에 있어서는 한 구가 위에 붙는 것과 아래 붙는 것으로 그 뜻이 온전히 달라질 것이 있다.
> ―「내가 본 김소월 군을 논함」(《조선일보》, 1929. 11. 12~14) 중에서

소월의 시를 처음 접하면 쉬운 말로 힘들이지 않고 써 내려간 것

별편(別便) 별도로 보내는 편지
구절점(句切點) 구와 절을 구분하기 위해 찍는 점

같지만, 이처럼 꼼꼼한 퇴고와 계산을 해 가며 공들여 쓴 작품들임을 알 수 있습니다. 이토록 철저하게 자신의 시를 대하던 소월이 시집을 엮으면서 부를 나누고 그에 맞추어 시를 배열한 것은 나름대로 깊은 생각이 담겨 있을 거예요. 소월은 시집 전체를 16부로 나누었으며, 시집의 각 부마다 소제목을 달았어요.

그중 4부에 해당하는 '무주공산(無主空山)' 편에 '나의 김억(金億) 씨에게. 소월'이라는 말을 얹어 놓음으로써 스승 김억에 대한 고마움을 표시하고 있기도 해요. 무엇보다도 마지막 16부에 「닭은 꼬꾸요」 한 편만 실어 놓은 것을 쉽게 지나칠 수 없습니다. 시집을 마무리하는 작품으로 무엇이 좋을지에 대해 오랫동안 고심했을 거예요. 그렇게 해서 선택한 작품이 「닭은 꼬꾸요」거든요.

닭은 꼬꾸요

닭은 꼬꾸요, 꼬꾸요 울 제,
헛잡으니 두 팔은 밀려났네.
애도 타리만치 기나긴 밤은……
꿈 깨친 뒤엔 감도록 잠 아니 오네.

위에는 청초(靑草) 언덕, 곳은 깁섬 ˙,

깁섬 대동강가에 있는 능라도를 우리말로 표현한 것

시집 『진달래꽃』 발간

엊저녁 대인 남포(南浦) 뱃간.
몸을 잡고 뒤재며 누웠으면
솜솜하게도※ 감도록 그리워 오네.

아무리 보아도
밝은 등불, 어스렷한데.
감으면 눈 속엔 흰 모래밭,
모래에 어린 안개는 물 위에 슬 제

대동강 뱃나루에 해 돋아 오네.

이 시를 식민지 시대의 어둠이 걷히기를 바라는 마음에서 쓴 작품이라고 단정 짓기에는 무리가 따르는 게 사실입니다. 하지만 전혀 그렇지 않다고 볼 수도 없는 것이, 닭이 울고 해가 돋아 오는 장면에 어떤 상징성을 부여하느냐에 따라 다양한 해석이 가능할 수도 있어요. 단순히 대동강가에서 아침을 맞이하는 장면이 아니라, 새로운 날이 밝아 오기를 기다리는 마음을 담아냈다고 읽을 수도 있는 거지요. '애도 타리만치 기나긴 밤'과 대비해 보면 느낌이 더욱 분명하게 다가오기도 하고요. 시인이 시집의 마지막 부에 달랑 한 작품만 실어 놓았다는 것까지 생각한다면 어떤 암시가 담겨 있을지

※ 솜솜하게도 잊히지 않아 눈앞에 아른거리는 것같이

138   김소월_5

도 모른다는 추측을 해 볼 수도 있겠네요. 소월의 시 중에 「맘에 있는 말이라고 다 할까 보냐」라는 제목의 작품이 있는데요. 하고 싶은 말을 직접 하지 못하도록 하던 당시의 시대적 상황을 염두에 두면 비록 오독(誤讀)이 될지라도, 식민지 시대를 살아가는 젊은 청년의 가슴에 담겨 있던 간절한 희망을 에둘러 표현한 것으로 읽고 싶은 마음이 사라지지 않는군요.

소월의 시혼(詩魂)

시집을 내기 직전에 소월은 「시혼(詩魂)」이라는 제목으로 된 자신의 시론(詩論)을 〈개벽〉에 발표했습니다. 이 글에서 소월은 김억이 자신의 시 두 편을 비교하며 내린 평에 대해 반박하는 내용을 담았어요. 김억은 소월의 시 「님의 노래」에 대해 "너무도 맑아 밑까지 들여다보이는 강물과도 같은 시다. 그 시혼 자체가 너무 얕다."라고 평한 반면, 다른 시 「자나 깨나 앉으나 서나」에 대해서는 "시혼과 시상과 리듬이 보조를 가즉히* 하여 걸어 나아가는 아름다운 시다."라고 한 바 있어요. 과연 그런지 두 작품을 비교해서 살펴볼까요?

가즉히 가지런히

시집 『진달래꽃』 발간

님의 노래

그리운 우리 님의 맑은 노래는
언제나 제 가슴에 젖어 있어요.

긴 날을 문밖에서 서서 들어도
그리운 우리 님의 고운 노래는
해 지고 저물도록 귀에 들려요.
밤들고 잠들도록 귀에 들려요.

고이도 흔들리는 노랫가락에
내 잠은 그만이나 깊이 들어요.
고적한 잠자리에 홀로 누워도
내 잠은 포스근히 깊이 들어요.

그러나 자다 깨면 님의 노래는
하나도 남김없이 잃어버려요.
들으면 듣는 대로 님의 노래는
하나도 남김없이 잊고 말아요.

자나 깨나 앉으나 서나

자나 깨나 앉으나 서나
그림자 같은 벗 하나이 내게 있었습니다.

그러나, 우리는 얼마나 많은 세월을
쓸데없는 괴로움으로만 보내었겠습니까?

오늘은 또다시, 당신의 가슴속, 속 모를 곳을
울면서 나는 휘저어 버리고 떠납니다그려.

허수한 맘, 둘 곳 없는 심사에 쓰라린 가슴은
그것이 사랑, 사랑이던 줄이 아니도 잊힙니다.

어때요, 김억의 평에 동의할 수 있을 것 같나요? 여러분은 두 작
품 중에 어느 작품에 더 마음이 가나요? 두 작품에 대한 김억의 평
에 대해 소월은 다음과 같이 자신의 견해를 밝혔어요.

나는 첫째로 같은 한 사람의 시혼(詩魂) 자체가 같은 한 사람의
시작(詩作)에서 금시에 얕아졌다 깊어졌다 할 수 없다는 것과, 또
는 시작마다 새로이 별다른 시혼이 생기는 것이 아니라는 것을,
좀 더 분명히 하기 위하여, 누구의 것보다도 자신이 잘 알 수 있는

141

자기의 시작에 대한, 씨의 비평 일절(一節)을 1년 세월이 지난 지금에 비로소, 다시 끌어내어다 쓰는 것이며, 둘째로는 두 개의 졸작이 모두 다, 그에 나타난 음영(陰影)의 점에 있어서도, 역시 각개 특유의 미를 가지고 있다고 하려 함입니다.

소월이 주장하는 내용의 핵심은 두 가지입니다. 한 사람의 시혼은 어떤 작품을 쓸 때든 결코 변하지 않는다는 것과 한 사람의 시인이 쓴 작품들은 서로 다른 특유한 아름다움을 가지고 있다는 거죠. 그러면서 김억이 「님의 노래」에 대해 시혼이 얕다고 한 것은 작품을 제대로 보지 못했기 때문이라고 반박하는 겁니다.

사실 스승의 평에 대해 공개적으로 반박을 한다는 게 쉬운 일은 아니죠. 하지만 소월은 조심스러운 자세를 취하긴 했으나, 자신의 생각을 분명히 밝히고 있어요. 소월이 나약하기만 한 성격이 아니며, 오히려 자기 주관이 뚜렷한 인물임을 알 수 있지요. 어쩌면 이렇듯 결벽증에 가까운 꼿꼿함이 남들과 스스럼없이 어울리지 못하도록 한 요인이 되었을지도 몰라요.

또한 「시혼」은 소월의 시를 이해하는 통로가 되어 주기도 합니다.

우리는 적막한 가운데서 더욱 사무쳐 오는 환희를 경험하는 것이며, 고독의 안에서 더욱 보드라운 동정(同情)을 알 수 있는 것이며, 다시 한 번, 슬픔 가운데서야 보다 더 거룩한 선행(善行)을 느낄 수도 있는 것이며, 어두움의 거울에 비치어 와서야 비로소 우리에게 보이며, 살음을 좀 더 멀리한, 죽음에 가까운 산마루에 서서야 비로소 살음의 아름다운 빨래한 옷이 생명의 봄두던에 나부끼는 것을 볼 수도 있습니다. 그렇습니다. 곧 이것입니다. 우리는 우리의 몸이나 맘으로는 일상에 보지도 못하며 느끼지도 못하던 것을, 또는 그들로는 볼 수도 없으며 느낄 수도 없는 밝음을 지워 버린 어두움의 골방에서며, 살음에서는 좀 더 돌아앉은 죽음의 새벽빛을 받는 바라지 위에서야, 비로소 보기도 하며 느끼기도 한다는 말입니다.

이와 같은 소월의 말에 따르면, 적막과 고독과 슬픔과 어둠과 죽음은 그 반대편에 있는 환희와 동정과 선행과 밝음과 살음(삶)을 더욱 잘 드러내고 느낄 수 있도록 도와주는 역할을 합니다. 따라서 소월의 시에 자주 나오는 고독이나 슬픔이 그 자체를 말하기 위한 것이 아니라는 점을 인식할 때, 비로소 소월의 시를 제대로 이해할 수 있어요. 소월의 시가 겉으로는 슬퍼 보이지만 슬픔 너머에 있는 긍정적이고 밝은 세상을 향하고 있다는 점에서 높은 평가를 받게 된 것이지요. 소월은 우리 각자에게 "가장 높이 느낄 수도 있고 가장 높이 깨달을 수도 있는 힘, 또는 가장 강하게 진동이 맑게 울리어 오는, 반향(反響)과 공명(共鳴)을 항상 잊어버리지 않는 악기"인 영혼이 있음을 강조하고 있어요. 그러한 영혼과 시의 행복한 만남 속에서 시혼이 탄생하는 셈이에요.

시집 『진달래꽃』 발간

삭제당한 소월의 시

소월은 1929년 5월에 〈문예공론〉이라는 잡지에 「길차부」와 「저급생활(低級生活)」두 편의 시를 발표했습니다. 그런데 그중 산문시 형태로 된 「저급생활」의 전문이 삭제되는 일이 발생합니다. 일제의 검열 때문이었는지, 다른 이유가 있었는지 정확히 알 수는 없어요. 당시에는 출판물에 대한 총독부의 검열이 일상화되어 있었어요. 자신들의 마음에 안 드는 부분을 시커멓게 칠해 버리는 일이 많았는데, 이를 복자(覆字)라고 해요. 복자로도 안 되겠다 싶은 글은 삭제를 해 버렸지요. 심지어 말을 안 들으면 책을 아예 못 내게 하거나 잡지의 경우 폐간을 시켜 버리기도 했어요. 소월을 시인으로 키워 준 잡지 〈개벽〉의 경우 발행 기간 중 발매금지(압수) 34회, 정간 1회, 벌금 1회의 수난을 당하고, 1926년 8월 1일에 발행된 72호를 끝으로 강제 폐간되었어요. 소월의 시가 삭제된 자세한 경위는 밝혀지지 않았고 원문도 찾아볼 수 없지만, 시인의 입장에서는 매우 불쾌한 일이었을 겁니다. 더구나 내용이 불온하다는 이유로 그랬다면 심리적 위축감은 상당했을 거고요.

그래서였을까요? 그 일이 있고 난 뒤 그다음 호인 〈문예공론〉 6월호와 7월호에 「단장(斷章) 1」과 「단장(斷章) 2」를 발표하고는 이후로 3년 동안 새로운 작품을 거의 발표하지 않습니다. 그런데 이 두 작품의 분위기는 매우 암울해요.

하늘도 밝다! 참 밝기는 하고나

그러나, 내, 하늘 쳐다 안 보겠네,

그 하늘 못났네,

나보다도 못났네,

잘난 하늘 있는가? 잘난 사람 있는가?

그 사람 마음, 나 모르노라,

다른 이의 마음은 다 알아도,

저도 그러리라, 이 마음을 제 어찌 알랴.

-「단장(斷章) 1」 중에서

자면서 지난밤 이상한 꿈 꾸었구려

바람벽 바른 신문의 기사 제목

'緣ノ切目ハ命ノ切目'*라고 보고

잤더니(만나 보면! 10년 전 그 사람은

교수대 위의 죽음을 받은 이들, 사람 목숨은 하나라고)

흰 눈에 상복 입은 찬 밤도 잠자는

새벽이기는 하나, 이상한 꿈 꾸었구려. 이상한 꿈 꾸었구려.

아니나 그 사람 날 죽일걸 서로 사랑하던 사람

바람 부네, 어이아 봄바람 부네.

緣ノ切目ハ命ノ切目 인연도 생명도 끊다

끔찍이나 부네.

나 그 사람이, 서로 사랑하던 사람 왜 나 죽이지 않나.

나 바람 소리 쫓아가고 싶도다. 봄바람 쫓아가고 싶도다.

-「단장(斷章) 2」 중에서

　시를 읽으면서 어떤 느낌이 먼저 떠오르나요? 「단장(斷章) 1」은 날 속이고 떠난 이에 대한 원망을 풀어내고 있는 작품인데, 자신의 못남을 자책하는 분위기가 강하게 느껴지죠? 심지어 「단장(斷章) 2」의 분위기와 어조는 비관적일 만큼 가라앉아 있어서 자책을 넘어 자학의 단계까지 가 있어요. "이상한 꿈"이라고는 했지만 "교수대 위의 죽음을 받은 이들"을 등장시킨다든지 "그 사람 날 죽일걸"이라는 표현을 쓰는 걸 보면 이 무렵 소월의 정신 상태는 불안하고 무언가에 쫓기는 듯한 강박감을 가지고 있었던 것처럼 보이네요. 그것이 검열에 의한 삭제 때문이라고 볼 근거는 뚜렷하지 않지만, 어느 정도 연관성은 있지 않을까요?

소월은 ☐☐☐다

| 소월에 대한 다양한 평가 |

'소월에 대한 연구'에 대한 연구가 진행될 만큼 많은 시인과 소설가, 평론가들이 소월에 대한 평가를 내렸답니다. 소월의 다양한 모습을 만나 볼까요?

시인이 본 시인, 소설가가 말하는 소월

소월을 처음 문단에 내보낸 김억은 줄곧 소월을 민요시인으로 불렀습니다. 그래서 민요풍이 아닌 시에 대해서는 좋은 평가를 내리지 않았지요.

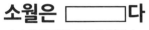

만일 같은 시가라도 그것을 나누어 민요니 시가니 하는 형식적 구별을 할 수가 있다 하면 소월의 시가에 대한 솜씨는 민요에 서는 것이외다. 그러나 그렇다고 소월에게 민요 외에 시가가 없다는 것은 아니외다. 있어도 상당히 편수가 많습니다. 그리고 좋은 작이 없는 것도 아니외다. 그러나 그것들이 민요형의 시에 비하여 딱딱스러워 이지(理

시인 안서 김억.

智)를 거쳐 나온 것을 금할 수가 없는 것이 유감이외다.

- 「요절한 박행 시인 김소월에 대한 추억」(〈조선중앙일보〉, 1935) 중에서

이러한 관점은 소월의 시를 아꼈던 김동인 역시 마찬가지였으며, 한동안 많은 사람들이 소월을 민요시인으로 인식을 했습니다. 소월의 시에 대한 본격적인 연구는 해방 후에 소설가 김동리, 시인 서정주 등에 의해 다시 이루어지기 시작했는데요. 특히 서정주는 여러 편의 평론을 통해 소월의 시를 지배하는 것은 한(恨)이라고 했습니다.

우리나라 사람들이, 비록 유자(儒者)의 가정이라 할지라 해도, 본래 많이 별 비판 없이 꺼리고 오던 불교적 인연설의 흔적이 보이거니와, 이런 이치나 깊이 캐물어 차라리 한용운 선사나 같이 중이나 되었더라면, 소월의 이 한은 씻어졌을 듯하다. 그러나 그는 불행히도 서양류의 심미주의적인 맛을 어느만큼 가했을 뿐인 한 사람의 한 많은 유교류의 휴머니스트였다.

시인 미당 서정주.

- 「소월 시에 있어서의 정한의 처리」(〈현대문학〉, 1959. 6) 중에서

서정주가 말한 한은 서러움이라고도 할 수 있는데, 서정주의 견해는 상당히 오랫동안 소월 시의 평가에 영향을 미쳤어요. 그래서 지금도 많은 참고서에서 소월을 일러 정한(情恨)의 시인이라고 규정하고 있기도 하지요. 이러한 평가는 자연스럽게 소월의 시가 여성적이라는 평가로 이어지기도 했지요. 소월에 대한 또 다른 견해를 들어 볼까요?

문학평론가 유종호.

그러나 우리는 소월의 여성 편향성이 한편으로는 고식적인 선택적 전통의 산물임을 잊지 말아야 할 것이다. 「옷과 밥과 자유」나 「나무리벌 노래」 같은 작품은 이미 오래전부터 소재가 분명했고, 또 작품의 질에 있어서 소월 시에서도 웃도는 것임에도 불구하고 고식적인 선택에 의해서 소월 시집에서 제외되어 왔다. (…중략…) 그러나 젊어서 죽은 소월이 인간적 성숙을 거절하고 있는 그의 낭만적 사랑의 시를 넘어서 새로운 시 세계를 관심했다는 점은 중요하다.

- 시집 『옷과 밥과 자유』 해설(민음사, 1977)에서

지금은 소월에 대한 평가가 사랑과 이별을 노래한 시인이라는 좁은 울타리를 벗어나 식민지 조국의 비참한 현실을 노래한 민족 시인이기도 했다는 사실이 널리 인정받고 있습니다.

북에서도 읽힌 소월

해방 후에 북한에서도 소월의 시는 비교적 널리 읽혔던 것으로 보입니다. 소월의 시에 대한 평론과 연구서도 나왔는데, 아무래도 사회주의사상의 관점에서 작품을 대하는 경향이 강하다 보니 「진달래꽃」이나 「먼 후일」 등 사랑과 이별을 노래한 작품보다는 「밭고랑 위에서」나 「초혼」, 「바라건대는 우리에게 우리의 보습 대일 땅이 있었더면」과 같은 작품이 좋은 평가를 받았어요.

그러다 1967년 당중앙위원회 4기 15차 전원회의 이후 소월은 비판의 대상에 오르면서 수난의 길을 걷게 되죠. 소월의 시가 봉건사상

과 유교 사상에 젖어 있다는 이유를 들어 공식적으로 숙청을 해 버렸거든요. 그 무렵 고향에 있던 소월 무덤가의 시비마저 뽑아 버렸다고 하네요.

1955년 북한에서 출판된 소월 시선집.

　　그러다 1980년대 이후 조금씩 소월에 대한 재평가가 이루어지기 시작합니다. 1993년에 북한에서 나온 『문학예술 사전』에는 소월에 대해 '비판적 사실주의 작가, 애국적 감정과 민족적 정서를 민요풍의 아름다운 형식으로 구현해 근세 시문학의 운율과 형식 발전에 기여했다.'는 평가를 내리고 있어요.

　　하지만 남한에서만큼 소월의 시를 널리 보급하고 읽히지는 않는 것으로 보입니다. 소월의 증손녀 김상은이 탈북 청소년들을 만난 자리에서 소월에 대한 이야기를 꺼냈지만 다들 꿀 먹은 벙어리였다고 하는 이야기가 안타까울 뿐입니다. ◉

산산이 부서진 이름이여,
부르다가
내가 죽을 이름이여!

{ 고단한 삶, 궁핍한 시인 }

경제적 그늘

1926년에 소월은 처가가 있는 구성군 남시(南市)라는 곳으로 거처를 옮깁니다. 구성으로 이사를 가게 된 이유에 대해 소월이 직접 밝힌 내용은 없지만 대략 두 가지 이유를 생각해 볼 수 있습니다.

우선 첫째는 면사무소나 일제강점기 경찰의 말단 기관인 주재소의 간섭에서 자유로워지고 싶다는 생각을 했을 수 있어요. 쓸데없이 오라 가라 하고, 도움을 베푸는 척하면서 은근히 협력을 요구하는 그들의 행태가 더 이상 참기 어려운 지경까지 이른 것으로 보입니다.

두 번째로는 할아버지를 비롯한 집안 어른들과의 불화 때문이었습니다. 공부나 문학보다는 장손의 위치에 맞게 집안을 이끌어 가는 역할을 하라는 압력이 심했을 테고, 그에 대한 심리적 중압감을 소월이 충분히 감당해 내지 못했을 거라는 짐작이 가능하지요.

소월은 집안에서 자기 몫으로 건네준 논과 밭을 처분한 다음 구성에 가서 새로운 삶을 시작하려고 했습니다. 이주를 결심했을 때는 의욕과 활력이 넘쳤겠지요. 본인의 의지에 따라 얼마든지 새로운 삶을 개척해 볼 수 있겠다는 자신감도 있었을 테고요. 하지만 구성에서의 삶이 생각만큼 순탄치는 않았어요.

잘 알려진 것처럼 소월은 구성에서 〈동아일보〉 지국을 운영했습니다. 생계 수단으로 삼기 위한 생각도 일부 있었겠지만 〈동아일보〉라는 신문이 지니고 있는 시대적 역할에 대한 기대도 작용했겠지요. 당시에 〈동아일보〉는 어느 정도 민족주의 성향을 띠었고, 일제에 대해 비판적인 기사를 써서 정간을 당한 적도 있어요. 그래서 〈동아일보〉를 보급함으로써 독자들에게 소극적이나마 애국 사상과 계몽 사상을 전파하고 낡은 의식을 일깨우는 데 도움을 주고자 했을 수 있지요. 아울러 자신이 그동안 〈동아일보〉를 통해 많은 수의 작품을 발표한 인연도 작용했을 거고요. 하지만 의욕만으로 모든 일이 잘 풀리는 것은 아니어서 〈동아일보〉 지국 운영은 뜻대로 이루어지지 않았습니다.

세간에는 세상 물정에 어둡고 경영에 서툰 소월이 〈동아일보〉 지국을 운영하면서 많은 빚을 지고 가산을 탕진했다는 말이 정설처럼 떠도는데, 이러한 소문은 사실과 많이 달라요. 『동아일보 사사 (東亞日報社史) 1』에 따르면 소월이 〈동아일보〉 지국을 운영한 것은 1926년 8월부터 1927년 3월까지입니다. 이 기록에 따른다면 소월이 〈동아일보〉 지국을 맡은 것은 불과 7개월 정도밖에 안 되거든요. 그러므로 10년에 가까운 구성 생활 내내 〈동아일보〉 지국을 운영했다거나 운영 자금이 부족해 처가에 가서 손을 벌렸다는 이야기 등은 신빙성이 높지 않아요. 〈동아일보〉 지국 운영은 확고한 생활의 방편이라기보다는 지식인으로서 할 수 있는 일을 찾다가 잠시 맡게 된 일이 아닐까 싶네요.

사실 구성에서의 생활에 대해서는 알려진 자료가 너무 부족합니다. 소월이 구성으로 이사하기 전에 숙모 계희영이 먼저 평양으로 이사를 했기에, 계희영의 기록에도 구성 생활에 대한 부분은 간략하게만 나오니까요. 서로 멀리 떨어져 살았으므로 그 후 두 사람이 만날 수 있는 기회가 많지 않았어요.

김억은 〈동아일보〉 지국 운영 실패 뒤에 소월이 돈을 빌려 주고 이자를 받는 대금업을 했고, 그 역시 실패를 함으로써 더욱 경제적으로 어려워졌다고 증언하고 있는데요. 이에 대해 계희영은 소월이 결코 그런 일을 할 사람이 아니라며 소월을 헐뜯기 위해 터무니없이 지어낸 이야기라고 반발을 하지요. 두 사람 모두 구성에서 소월이 살아가는 모습을 직접 지켜본 게 아니기 때문에 누구 말이 맞는지 알 길은 없어요. 다만 김억은 줄곧 소월이 무척 현실주의자였으며, 그러한 성격이 점점 초기 시의 아름다움을 잃게 만들고 나중에는 시작 활동을 이어 가지 못하도록 했다며 안타까워했어요. 누구보다 가까이에서 소월을 지켜본 사람의 말이므로 근거가 없다고 내칠 수도 없는 일이긴 해요.

이제는 소월이 예서 돈을 모으리라는 염원밖에 없었습니다. 왜 돈을 모아야겠다고 소월이 생각하였노 하면 그는 세상이라는 것을 조롱하고 싶었던 때문이었습니다. 세상이라는 것을 미워하고 경멸할 줄 알았던 때문이었습니다. 그는 아무 꺼릴 것도 없이 대담하니 세상을 조롱하고 경멸하기로 들었습니다. 그는 얼마 있는 현금으로 대금업을 시작했습니다. 몇 해만 있으면 돈을 잡는다고 소월은 슬픈 자랑을 하던 것입니다. 그러나 이 꿈은 그만 몇 해를 지나서 소월에게 커다란 읍울(悒鬱)을 가져오고 말았습니다. 소월이 돈을 두고 「돈타령」이라는 시를 쓴 것이 이때인데 소월이 돈을 모으지 못한 것은 그에게서 생활과 생존에 대한 자신을 빼앗아 버린 것이 되었습니다.

– 김억, 「소월의 생애」(《여성》 39호, 1939. 6) 중에서

위 글에서 눈여겨볼 부분은 "몇 해만 있으면 돈을 잡는다고 소월은 슬픈 자랑을 하던 것입니다."라는 대목입니다. '그런 소문이 있다더라.'라는 차원을 넘어 직접 들었다는 뉘앙스를 풍기고 있잖아요. 소월은 김억에게 종종 편지를 보내곤 했어요. 어쩌면 소월이 보낸 편지 속에 대금업에 대한 이야기가 있었을지도 몰라요. 아니면 김억이 구성에 가서 소월을 만났을 수도 있지요. 김억의 고향 역시 소월과 같은 정주였고, 정주에 살 때도 여러 번 찾아왔다고 하니까요.

위 글에 나오는 「돈타령」은 1934년 〈삼천리〉에 발표한 작품입니다. 이 밖에도 소월이 돈을 소재로 삼아 쓴 작품은 「돈과 밥과 맘과 들」(《동아일보》, 1926. 1. 1)과 「생(生)과 돈과 사(死)」(《삼천리》 53호, 1934. 8)가 있어요. 「돈타령」은 매우 긴 작품인데, 1연과 2연만 인용을 해 볼게요.

1

요 닷돈을 누를 줄꼬? 요 마음.

닷돈 가지고 갑사(甲紗)댕기 못 끊겠네.

은가락지는 못 사겠네. 아하!

마코*를 열 개 사다가 불을 옇자 요 마음.

2

되려니 하니 생각

만주(滿洲) 갈까? 광산(鑛山)엘 갈까?

되겠나 안 되겠나, 어제도 오늘도,

이러저러 하면 이리저리 되려니 하는 생각.

- 「돈타령」 중에서

　돈이란 물건은 참 요물입니다. 돈에 웃고 돈에 우는 게 인생이라
는 말도 있듯이, 돈은 사람살이에 커다란 영향을 미칩니다. 아무리
돈을 무시하려 해도 현실은 돈이 없으면 살기 힘든 게 사실이고요.
소월은 돈의 그런 속성을 잘 알고 있었기에 풍자의 기법으로 「돈타
령」을 노래했어요. 그런데 이 작품은 돈의 알미운 속성을 조롱하고
있기도 하지만, 자신의 궁색한 처지를 직접 드러내고 있기도 합니
다. '만주(滿洲) 갈까? 광산(鑛山)엘 갈까?'라는 구절을 통해 우리는

마코 당시에 서민들이 많이 피우던 담배 이름

159　　　　　　　　　　　　　　　　　　　**고단한 삶, 궁핍한 시인**

소월이 경제적 궁핍에서 벗어나기 힘든 절박한 상황까지 내몰려 있었음을 엿볼 수 있거든요. 소월은 종종 만주로 가고 싶다는 말을 하곤 했는데, 일제의 간섭도 간섭이지만 생활의 어려움이 주된 원인이었을 것으로 짐작됩니다.

소월이 대금업을 했느냐 아니냐를 따지기에 앞서 소월 역시 생활인이었다는 점을 잊지 말아야 합니다. 본가에서 나와 독립을 했으니 스스로의 힘으로 가정을 꾸려 나갈 책임이 소월에게 주어졌어요. 그러한 책임감이 소월의 어깨를 짓누르고 있었음을 감안하면, 더구나 이미 여러 명의 자식을 거느리고 있던 처지라는 것까지 생각하면 체면 같은 걸 따질 여유가 없었을 거예요.

이 땅이 우리의 손에서 아름다워질 것을

소월은 구성에서 농민의 삶을 살았습니다. 농번기면 온 식구가 논밭으로 나가 일을 했지요. 구성에서 소월이 살던 마을은 언덕을 배경으로 삼고 있었고, 마을 앞으로는 벌판이 시원하게 펼쳐졌어요. 하지만 마을 사람들이 '난벌'이라고 불렀던 이 벌판은 가시나무와 돌투성이로 덮인 황무지나 마찬가지였어요. 소월이 죽기 직전에 발표한 시에 이 난벌이 등장합니다.

상쾌(爽快)한 아침

무연한 벌 위에 들어다 놓은 듯한 이 집
또는 밤새에 어디서 어떻게 왔는지 알지 못할 이 비.
신개지(新開地)에도 봄은 와서, 가냘픈 빗줄은
둑가의 아슴프레한 개버들 어린 엄도 축이고,
난벌에 파릇한 뉘 집 파밭에도 뿌린다.
뒷 가시나무밭에 깃들인 까치 떼 좋아 지껄이고
개울가에서 오리와 닭이 마주 앉아 깃을 다듬는다.
무연한 이 벌, 심어서 자라는 꽃도 없고 메꽃도 없고
이 비에 장차 이름 모를 들꽃이나 필는지?
장쾌(壯快)한 바닷물결, 또는 구릉(邱陵)의 미묘한 기복(起伏)도 없이
다만 되는 대로 되고 있는 대로 있는 무연한 벌!
그러나 나는 내버리지 않는다, 이 땅이 지금 쓸쓸타고,
나는 생각한다, 다시금, 시원한 빗발이 얼굴을 칠 때,
예서뿐 있을 앞날의 많은 변전(變轉)의 후에
이 땅이 우리의 손에서 아름다워질 것을! 아름다워질 것을!

　발표는 비록 1934년으로 되어 있지만 시의 분위기와 내용으로
볼 때는 그보다 이전 시기에 지어졌을 겁니다. 삶에 대한 희망이 소
월을 밝게 감싸고 있는 것으로 보아 그렇게 추정하는 게 타당할 듯
해요. 소월은 농민의 삶에서 희망을 얻고자 했던 것으로 보입니다.

비록 "자라는 꽃도 없고 메꽃도 없"는 황량한 벌판이지만 "나는 내버리지 않는다."라는 다짐을 하고 있으니까요. 그러면서 '이 땅이 우리의 손에서 아름다워질 것'이라는 믿음을 보여 주고 있어요. 지금은 비록 거친 땅이지만 거기서 앞날의 희망을 보고자 하는 소월의 모습이 아름답게 다가오죠? 제목 또한 '상쾌한 아침'으로 되어 있듯이, 소월의 시에서는 드물게 밝고 건강한 이미지를 보여 주고 있는 작품입니다.

이런 경향은 이보다 훨씬 앞서 창작한 시에서도 드러나는데요. 구성으로 이사 가기 전인 1924년에 발표한 「밭고랑 위에서」 역시 활기찬 어조가 두드러지는 작품입니다.

> 다시 한 번 활기 있게 웃고 나서, 우리 두 사람은
> 바람에 일리우는 보리밭 속으로
> 호미 들고 들어갔어라, 가즈런히 가즈런히,
> 걸어 나아가는 기쁨이여, 오오 생명의 향상이여.
>
> ─「밭고랑 위에서」 중에서

이러한 시들을 살펴볼 때 소월은 논과 밭을 사랑하고, 농민들의 삶을 찬양한 시인이었음을 알 수 있습니다. 물론 농사일이 무척 고되고, 그에 따른 대가가 충분히 주어지지 않는 현실을 모르지는 않았겠지요. 구성에서 농민으로 사는 동안 소월은 부당한 대우를 받는 농민들의 처지에 공감을 하고 그들의 편에 서고자 했습니다. 억

울하게 차압을 당할 뻔하다가 소월의 도움을 받아 가산을 건질 수 있었다는 홍필도 노인은 "소월이는 우리 농군들 일이라면 작두날에도 올라설 사람이었다."라고 증언하고 있거든요. 그리고 간혹 신문에 글을 써서 지방 관리나 경찰들의 잘못된 행태를 고발하기도 했다는데, 확실한 물증이 발견되지는 않습니다.

소월이 농민들에게 애정을 보이고 그들을 옹호했다는 일화는 또 있습니다. 소월의 셋째 고모가 부잣집으로 시집을 가서 호화롭게 살며, 소작인들에게는 함부로 대하는 것을 못마땅하게 여겨 두 사람이 만나면 언쟁을 벌이곤 했다네요. 고모는 소월에게 왜 그리 소작인 편을 드느냐고 힐난을 하고, 소월은 일하는 사람이 더 많이 가져가는 게 이치에 맞는 일이라며 꼬박꼬박 따지고 들었답니다. 그만큼 소월은 농민, 그중에서도 가난한 소작인들의 처지를 이해하고 감싸 주려 했음을 알 수 있습니다.

소월은 마을 사람들처럼 똑같이 농사를 지으며 살았지만 그래도 많이 배운 사람에 속해서 마을 사람들은 소월을 유지로 대우했어요. 소월이 남긴 많지 않은 산문 중에 씨름놀이 개회사가 전해지는 것을 볼 때, 마을에서 큰 행사가 열리면 앞에 나와서 인사말 정도는 하는 위치에 있었음을 알 수 있지요. 하지만 실생활은 궁핍함을 벗어나지 못한 것으로 보이고, 처가와의 사이도 좋지 않았습니다. 처가에 땅을 빌려서 농사를 짓는 지주와 소작인 관계에 놓이게 되었는데, 소월이 소작인의 권리를 주장하면서 마찰을 빚었다고 하니까요. 아이들마저 처가 출입을 하지 못하도록 할 정도였다니 얼마나 관계가 악화되었을지 충분히 짐작을 할 수 있겠죠? 곽산 남산리 고향과는 인연을 끊고, 그나마 가까이 있는 처가와도 불화를 일으켰으니 소월의 삶은 고난의 연속이었던 셈입니다.

경제적 어려움에 더해 일제의 간섭은 소월을 더욱 힘들게 했습니다. 남산리에서도 그랬지만 구성으로 온 뒤에도 소월은 면사무소나 주재소에 불려 가는 일이 자주 있었어요. 일본까지 공부하러 갔다 온 지식인이라면 으레 주목의 대상이 되고, 당국으로부터 사상을 의심받는 게 당시의 분위기였음을 생각하면, 소월이라고 해서 일제의 감시와 회유가 없었으리라고 보기 힘들죠. 소월이 당시에 만들어진 수리 조합에 관여를 했던 모양인데, 수로 건설 계획도에 소월의 집을 그려 놓고 집을 몽땅 헐어 버리겠다고 협박한 사실도 있었다고 해요. 그러한 핍박에 시달리느라 "나라가 없는 몸은 삼동 추운 날을 밖에서 지새우는 어린애와 같다."라고 하며 울분을 토해 내기도 했대요.

술! 술! 유일의 피난처가 이 술이었는가?

이 무렵 소월은 술을 무척 많이 마셨습니다. 학생 시절에 김억으로부터 술과 담배를 배웠다고 하는데, 어느 순간부턴가 거의 매일 술을 마시기 시작했다는군요. 집안에서도 소월을 향해 허구한 날 술이나 마시는 주정뱅이라며 내놓은 자식 취급을 했다는데, 주변의 걱정과 질책에도 불구하고 소월은 왜 그렇게 술을 마셔야 했을까요? 술을 마시면서 집안 어른들로부터 내침을 당했는지, 아니면 주변에서 가해지는 여러 형태의 심리적 압박감 때문에 술을 마시게 되었는지 선후 관계는 분명치 않으나, 두 가지 요인이 서로 맞물리면서 더욱 술에 빠지게 된 듯싶어요.

"아무리 속상하더라도 술을 좀 줄여 보시구려. 그러다 술병이 나서 쓰러지기라도 하면 어떡하려고 그러시오."

소월의 아내는 지나치게 술에 빠져 지내는 남편이 걱정스러웠습니다.

"술이라도 있으니 내가 이만큼 버티고 있는 줄이나 아시오. 술을 마시면 근심 걱정이 사라지고 즐거워지니, 내 어찌 술을 안 마실 수 있겠소. 그러지 말고 당신도 한잔해 볼 테요? 그러면 금방 기분이 좋아질 텐데……."

처음에는 소월 혼자 술을 마셨으나, 나중에는 아내와 함께 마시는 일이 많아졌습니다. 소월의 아내 홍단실은 누구나 그렇듯 남편에게 술을 줄일 것을 요구했어요. 하지만 소월은 그런 아내에게 도리어 술을 권하며 가르쳤지요. 남편의 불우한 처지를 잘 알고 불쌍히 여기던 아내는 남편을 위로할 겸 곁에서 한 잔 두 잔 같이 마셔주기 시작했어요. 그러다 나중에는 함께 즐기는 단계까지 발전했다는군요. 술을 마시고 걸핏하면 울음을 쏟아 내는 남편의 모습을 지켜보느니, 함께 취하는 게 어쩌면 속 편한 일이었을지도 모르죠.

"저 집안이 어찌 되려고 저러나? 어쩌면 내외가 저리 똑같누. 오늘도 둘이 주막으로 들어가는 것 좀 보소. 쯧쯧."

소월과 그의 아내는 종종 함께 술집에 가서 술을 마시곤 했어요. 마을 사람들이 뒤에서 수군대거나 욕을 해도 못 들은 척, 아내와 다정하게 어깨를 걸고 술집으로 향하는 소월에게 술은 이미 친구 이상이 되어 있었습니다.

평양으로 이사 간 계희영이 큰딸을 시집보낼 때 소월이 하객으로 참석을 했기에, 왜 그리 술을 마시느냐고 야단을 친 일이 있답니다. 멀리 사는 계희영에게까지 소월의 술과 관련한 이야기가 전해졌을 만큼 소월의 음주 의존도가 높았던 상태임을 알 수 있지요.

"듣자니 하루도 빼놓지 않고 술에 절어 산다던데, 그렇게 똑똑하던 네가 왜 이리 되었느냐? 아주 걱정이 이만저만이 아니구나. 이제 그만 정신 차려서 네 식솔들을 돌봐야 할 게 아니냐?"

숙모의 꾸지람에 소월은 이렇게 대답했다고 해요.

"술이라도 마시지 아니하면 어찌 사나요? 하루가 멀다 하고 주재소에서 날 오라 가라 하는걸요. 술꾼으로 보이면 쓸모없는 인간이라 여겨 더 이상 부르지 않을까 싶어 부러 마시는 거지요."

이 말이 소월의 지나친 음주에 대해 모든 것을 설명해 준다고 믿기는 힘들지만 어느 정도는 사실을 담고 있는 말일 겁니다.

소월이 술에 빠져 지낸다는 사실은 중앙 문단에도 널리 알려졌습니다. 평소 소월의 시를 높이 평가하던 김동인은 소월이 시를 쓰지 않고 술을 벗 삼아 지낸다는 사실을 전해 듣고 안타까운 마음을 다음과 같이 토로하기도 했어요.

자기의 글에 대하여 이만치 자신과 자존심과 결벽을 가지고 있는 사람에게는 조선의 사회며 출판계는 너무도 무책임하게 보이고 불만하게 보였을 것이다. 그러한 불만과 불만은 그로 하여금 붓을 내어 던지게 한 것이다. 예술을 구박하는 조선이여. 지금 그는 말할 수 없는 술주정꾼이 되어 붓을 잡을 생각도 안 하며 붓을 잡는다 하여도 그때의 그 힘이 그냥 남아 있을지가 문제라는 것이 어떤 그의 친지의 말이다. 술! 술! 불평 많은 사회에서 그 불평을 잊으며 분노를 삭이며 태도를 모호히 하려는 유일의 피난처가 이 술이었는가. 천재가 조선에 생겨난다는 것은 실수일까?

—「조선예술단에 생각나는 사람들 – 적막(寂寞)한 예원(藝苑) 소월(素月)」

《매일신보》, 1932. 9. 27) 중에서

김동인은 이 글에서 "예술을 구박하는 조선"에 대해 울분을 토하고 있습니다. 그만큼 암울한 시대 상황 속에서 재능을 펼치지 못하던 소월의 처지를 김동인이 마음 아파했다는 걸 알 수 있지요. 시에 있어서는 소월만 한 천재가 없다고 보았던 김동인이었기에, 실망과 안타까운 마음을 이기지 못해 이런 글을 썼을 거예요.

소월이 죽은 뒤 유고시로 발굴되어 발표된 작품에 「술」이라는 시가 있습니다. 이 시에서 소월은 "술, 마시면 취(醉)케 하는 다정(多情)한 술,/좋은 일에도 풀무가 되고 언짢은 일에도/매듭진 맘을 풀어 주는 시원스러운 술,/나의 혈관(血管) 속에 있을 때에 술은 나외다."라고 표현하고 있어요. 술과 자신을 동일시하는 정도까지 나아

갔음을 알 수 있지요.

시와 멀어지다

소월 시의 절정기는 〈개벽〉에 시를 발표하기 시작하는 1922년부터 시집『진달래꽃』을 펴낸 1925년까지입니다. 그 이후에도 시를 전혀 쓰지 않은 것은 아니지만 이전에 비해 발표량이 현저히 적어지거든요. 구성으로 이사한 1926년부터 사망한 1934년까지 한 해에 두세 편 내외의 시를 발표하거나 아예 발표작이 없지요. 이 정도면 거의 창작에 손을 놓았다고 해도 무방하죠. 이 밖에 나중에 유고 시들이 발견되기는 하지만, 그 역시 아주 많다고 보기는 힘듭니다. 10대 후반에서 20대 초반까지 쓴 작품 127편을 모아 시집에 넣을 정도였고, 발표했으나 시집에 안 넣은 작품까지 하면 창작 편수는 더 많을 만큼 창작열이 넘치다가 급격하게 시와 멀어진 이유가 뭘까요? 시집『진달래꽃』발간에 모든 힘을 쏟아서 그런 걸까요?

시집 발간 이후에 어떤 심경의 변화가 있었을 거라는 추측 외에 달리 설명할 길이 없습니다. 또한 그러한 심경의 변화는 딱히 어느 한 가지에서 비롯된 것이 아니라 여러 문제가 복합적으로 작용했으리라는 추측을 해 볼 수 있을 거예요. 무엇보다도 고민의 중심이 생계를 책임져야 하는 생활인의 자세 쪽으로 옮겨 갔을 것으로 보입니다. 이 무렵 나도향의 갑작스러운 죽음도 소월의 의식 변화에 영향을 끼쳤을 법하고요.

나도향은 소월과 동갑으로 서로 친하게 지내던 사이입니다. 그러던 나도향이 가난에 시달리다 1927년, 스물여섯의 나이에 폐병으로 죽게 되죠. 나도향의 죽음을 접하고, 가난 때문에 굶고 병들어 죽는다면 문학이 다 무엇인가 싶은 마음이 들었을지도 몰라요. 그런 정황들로 인해 어떻게든 돈을 벌어 식구들을 먹여 살려야겠다는 생각을 하게 되면서 자연히 시는 뒷전으로 밀려나지 않았을까요?

두 번째로 생각해 볼 수 있는 게 일제의 회유와 탄압입니다. 소월은 남산리에 살 때는 물론 구성으로 이사 온 뒤에도 면사무소나 주재소에 자주 불려 다녔으니까요.

"선생께선 공부를 많이 하셨으니 이제는 면에서 하는 사업에도 도움을 주셔야죠. 면의 발전을 위한 글도 좀 써 주시면 얼마나 좋겠습니까?"

"예전에 선생이 발표한 「함박눈」인가 하는 소설을 보니 사상이 좀 삐딱해 보입디다. 요즘도 그런 글을 쓰십니까? 시도 좋고 소설도 좋지만 그러다 선생 신상에 안 좋은 일이 생기면 어디 원망할 데도 없습니다."

이런 말들을 들었을 때의 소월의 심정은 어땠을까요? 심지어 소월이 쓴 시를 가져다 보는 데서 태워 버리기도 했다니, 소월이 당한 수모는 상상 이상이었을 겁니다. 직접 잡아 가두지는 않았지만 위와 같은 정신적인 고문이 소월의 글쓰기를 방해했겠죠. 더구나 조용히 살고 싶어서 들어온 구성에서조차 자신을 가만두지 않으니, 억울하고 분한 마음에 술이나 마시게 되고, 그러다 보니 정신은 더

욱 피폐해졌을 거고요.

이 밖에 주류 문단에 속해 있지 않던 소월이 느낀 소외감도 어느 정도는 작용을 했을 겁니다. 어느 유파나 동인에도 속하려 하지 않았던 소월 스스로 자초한 면도 있지만, 자신의 작품에 대한 자부심에 비해 문단의 평가나 대우가 그에 못 미친다고 판단했을 수 있어요. 시집 『진달래꽃』을 발간하고 나서 몇몇 문인들이 좋은 평가를 내려 주긴 했지만, 그렇다고 열광적인 찬사가 쏟아진 것도 아니었으니까요. 북한의 김영희 기자에 따르면, 소월이 구성에 살 때 주변 사람들이 유명한 문인들에 대한 소감을 물으면 별 볼 일 없는 작가들이라며 냉소적인 반응을 보였다고 하는 것으로 보아, 문단에 대해 꽤 불신하는 마음이 있었던 걸 알 수 있습니다.

무엇보다 안타까운 건, 발표한 시의 양도 적지만 그나마 발표한 작품들도 이전의 시들에 비해 작품의 질이 많이 떨어진다는 사실입니다. 후기 시 중에 소월의 대표작으로 내세울 만한 게 없다는 건 불행한 일이지요. 아무리 시를 적게 썼다지만 그동안 소월 시가 보여 준 특색과 장점이 살아 있어야 하는데, 그런 부분을 찾기가 어려워요. 인생관이 달라지면서 시도 달라졌다고 하는 설명이 적절할 듯합니다.

가족들의 증언에 따르면 소월이 쓴 원고가 트렁크로 하나 정도 있었는데 한국전쟁 때 폭격을 당해 불에 타 없어졌다고 하는데요. 증언이 사실이라고 해도 그것이 전부 시로 채워져 있었을 거라고 믿기는 힘들고, 일기나 아는 이들과 주고받은 편지 같은 것들이 다

수를 차지하고 있지 않았을까 싶습니다. 그렇다고는 해도 소중한 자료들이 전쟁 중에 사라진 것은 우리 문학사에 커다란 손실임이 분명하지요.

고향, 그 간절한 그리움

소월은 죽던 해에 김억에게 편지를 보냅니다. 김억이 한시를 번역해서 펴낸 시집 『망우초(忘憂草)』를 보내 준 것을 받고 고마운 마음을 전하기 위해서였어요. 이 편지에는 그 무렵 소월의 생활과 괴로운 심정이 솔직하게 드러나 있습니다.

> 제가 구성 와서 명년(明年)이면 10년이옵니다. 10년도 이럭저럭 짧은 세월이 아닌 모양이옵니다. 산촌(山村) 와서 10년 있는 동안에 산천은 별로 변함이 없어 보여도 인사(人事)는 아주 글러진 듯하옵니다. 세기(世紀)는 저를 버리고 혼자 앞서서 달아간 것 같사옵니다. 독서도 아니 하고 습작도 아니 하고 사업도 아니 하고 그저 다시 잡기 힘드는 돈만 좀 놓아 보낸 모양이옵니다. 인제는 또 돈이 없으니 무엇을 하여야 좋겠느냐 하옵니다.

구성에서의 삶을 돌이키며 회한(悔恨)에 사무쳐 있는 구절들이 가슴 아프게 다가오지 않나요? "세기(世紀)는 저를 버리고 혼자 앞서서 달아간 것 같"다는 말에서 홀로 외딴곳에 떨어져서 자신의 존재가 잊혀 가는 것에 대한 절망감도 엿볼 수 있어요. 무엇보다 경제적 어려움에 시달리고 있었다는 것이 분명하게 드러나 있네요. 소월은 그러한 자신의 처지를 한 편의 시에 담아 표현하기도 했습니다. 김억이 한 해 전에 발표한 시 「삼수갑산(三水甲山)」의 운을 빌려 지었다는 뜻의 시 「차안서 삼수갑산운(次岸曙 三水甲山韻)」을 편지 끝에 함께 적어 보냈거든요.

차안서 삼수갑산운(次岸曙 三水甲山韻)

삼수갑산(三水甲山) 내 왜 왔노 삼수갑산이 어디뇨.
오고 나니 기험(奇險)타 ▪ 아하 물도 많고 산 첩첩이라 아하하.

내 고향을 도로 가자 내 고향을 내 못 가네.
삼수갑산 멀더라 아하 촉도지난(蜀道之難) ▪ 이 예로구나 아하하.

삼수갑산이 어디뇨 내가 오고 내 못 가네.
불귀(不歸)로다 내 고향 아하 새가 되면 떠가리라 아하하.

님 계신 곳 내 고향을 내 못 가네 내 못 가네.

기험(奇險)타 산길이 험하다
촉도지난(蜀道之難) 중국 당나라 때 시인 이백이 노래한 촉나라 가는 길의 어려움

오다 가다 야속타 아하 삼수갑산이 날 가두었네 아하하.

내 고향을 가고지고 오호 삼수갑산 날 가두었네.
불귀(不歸)로다 내 몸이야 아하 삼수갑산 못 벗어난다 아하하.

삼수(三水)와 갑산(甲山)은 모두 함경도에 있는 깊은 산골 마을로, 예로부터 지형이 험해서 죄인들을 귀양살이 보내던 곳으로 유명합니다. 한번 가면 나오기 어렵다고 해서 '삼수갑산에 가는 한이 있어도'라는 속담을 만들어 쓰기도 하지요. 김억이 쓴 「삼수갑산」도 읽어 보면서 두 작품을 비교해 볼까요?

삼수갑산

삼수갑산(三水甲山) 보고지고 삼수갑산 어디메냐,
삼수갑산 아득타 아하 산은 첩첩 흰 구름만 쌓인 곳.

삼수갑산 가고지고 삼수갑산 내 못 가네,
삼수갑산 길 멀다 아하 배로 사흘 물로 사흘 길 멀다.

삼수갑산 어디메냐, 삼수갑산 내 못 가네
불귀불귀(不歸不歸) 이내 맘 아하 새더라면 날아날아가련만.

삼수갑산 내 고향을 내 못 가네, 내 못 가네,
오락가락 무심타 아하 삼수갑산 그립다고 가는 꿈

삼수갑산 먼먼 길을 가고지고 내 못 가네
불귀불귀(不歸不歸) 이내 맘 아하 삼수갑산 내 못 가는 이 심사(心思)

   김억은 "삼수갑산 보고지고", "삼수갑산 가고지고"라는 표현에서 보듯 삼수갑산을 그리워하는 심정을 노래하고 있습니다. 삼수갑산이 비록 멀고 험한 곳이긴 하지만 자신을 품어 줄 고향과 같은 낭만적인 장소로 설정해 놓고 있음을 알 수 있지요. 그에 반해 소월이 그려 놓은 삼수갑산은 고향을 떠나온 자신을 가둔 곳으로 나타납니다. 후렴구처럼 쓰인 '아하', '아하하' 같은 것들도 깊은 탄식을 자아내는 장치로 보면 될 거예요. 삼수갑산은 절망과 탄식의 자리인 셈이지요.
   그런데 김억의 「삼수갑산」은 김소월이 이미 발표하여 시집에 실었던 작품인 「산」에서 일부 구절을 빌려 왔어요.

불귀(不歸), 불귀, 다시 불귀,
삼수갑산에 다시 불귀,
사나이 속이라 잊으련만,
십오 년 정분을 못 잊겠네.

―「산」 중에서

전체 내용으로 보면 서로 다른 작품이 분명하지만 돌아가지 못한다는 뜻의 '불귀(不歸)'의 반복과 '삼수갑산'이라는 지명이 그대로 나타나고 있는 것을 볼 때 김억이 소월의 시에 나온 대목에서 발상을 얻은 작품임이 분명합니다. 사실 김억은 이 작품 말고도 소월의 작품을 마치 자신의 작품인 것처럼 탈바꿈시켜서 발표했다는 비판을 받기도 했어요. 어쨌거나 소월의 시를 김억이 차용하고, 그 시를 다시 또 소월이 차용하는 재미있는 현상을 엿볼 수 있습니다.

소월은 고향을 떠나왔지만 언제든 다시 고향으로 돌아갈 생각을 갖고 있었어요. 고향이란 억지로 버린다고 해서 버려지는 것이 아님을 소월 자신이 누구보다 잘 알고 있었을 테니까요. 소월이 구성으로 온 다음 고향을 찾지 않은 까닭은, 처음에는 집안 어른들과의 불화가 원인이었겠지만 그 후에는 자신의 생활이 궁색해지면서 자존심 때문에라도 더욱 발길을 하지 못했을 겁니다.

짐승은 모르는지 고향인지라
사람은 못 잊는 것 고향입니다.
생시에는 생각도 아니 하던 것
잠들면 어느덧 고향입니다.

조상님 뼈 가서 묻힌 곳이라
송아지 동무들과 놀던 곳이라
그래서 그런지도 모르지마는

아아 꿈에서는 항상 고향입니다.

－「고향」 중에서

위 시는 죽기 직전에 발표한 작품입니다. 고향을 잊겠다고 아무리 도리질을 해 봐도 잠이 들면 꿈속에서 절로 나타나는 고향에 대한 그리움이 항시 소월을 괴롭혔어요. 술을 마시다가 자신도 모르는 사이에 고개가 고향 쪽을 향하곤 했을지도 몰라요.

그러던 소월이 마침내 고향으로 발길을 옮겨 놓습니다. 구체적인 계기가 있었는지는 모르나, 김억에게 편지를 보내고 나서 소월은 고향 마을을 찾아갑니다. 편지에 "오늘이 열사흗날 저는 한 10년 만에 선조의 무덤을 찾아 명일 고향 곽산으로 뵈러 가려 하옵니다."라고 적어 놓은 말을 그대로 실행에 옮긴 것이지요.

소월은 소문 내지 않고 조용히 고향 마을을 찾아가 선조들의 무덤 앞에 일일이 엎드렸습니다. 무덤에 자란 풀을 손질하고 떼를 입히며 장손으로서 그동안 무덤 한 번 찾지 않은 잘못을 빌기도 하면서요. 그런 모습을 멀리서 본 마을 사람들은 '저 친구가 웬일인가?' 하는 표정을 지을 뿐이었어요. 그때는 이미 남산리 마을 사람들도 소월에게 조상도 팽개치고 밤낮 술이나 마시고 다니는 놈이라는 비난을 하던 때였으니까요. 아무도 자신의 괴로운 심정을 알아주지 않는 고립무원의 상태에서 느닷없이 고향을 찾은 소월의 모습은 퍽이나 쓸쓸해 보였어요.

길 위에서 만난 소월

| 소월 문학 기행 |

생각보다 소월은 우리 곁에 가까이 있습니다. 교과서 안에만 존재하는 게 아니지요. 소월의 생생한 숨결을 느낄 수 있는 문학 여행으로 여러분을 초대합니다.

소월길을 걸어 보았나요?

서울 남산도서관 옆에는 소월의 시 「산유화」를 새긴 시비가 있습니다. 1968년에 한국일보사가 우리나라에 서양식 신시(新詩)가 도입된 지 60주년이 되는 해를 기념하여 세운 시비예요. 시비 앞으로 나 있

는 길은 본래 남산순환도로였지만 지금은 소월길로 불리지요. 비록 소월의 고향에 있던 남산봉은 아니지만 같은 이름을 지닌 서울의 남산 자락에 소월의 시비가 세워져 있고, 봄이면 시비 주변에 붉은 진달래가 피어 소월의 외로움을 달래 주고 있지요.

비 오는 날에는 왕십리

왕십리에는 소월아트홀이 있어요. 소월의 시 중에 "가도 가도 왕십리 비가 오네 // 웬걸, 저 새야 / 울려거든 / 왕십리 건너가서 울어나 다고." 노래하는 「왕십리」라는 시를 기리기 위해서예요. 소월아트홀은 520석 규모의 공연장을 갖추고 있으며, 해마다 소월을 기리는 행사를 열고 있어요. 근처 왕십리역에는 소월의 시비와 사람의 모습을 가슴까지만 표현한 조각인 흉상을 만날 수 있어요. 「왕십리」를 새긴 시비는 조형미가 뛰어나 지나가는 사람들의 눈길을 잡아끌곤 합니다.

소월이 다녔던 학교

이번에는 소월이 다녔던 학교들을 돌아볼 차례네요. 평안북도 정주에 있던 오산학교는 한국전쟁 때 남쪽으로 내려와 지금은 서울 용산구 보광동에 자리 잡고 있어요. 교문을 들어서면 설립자 이승훈의 동상이 먼저 반겨 주고, 교문을 지나 언덕길을 오르다 보면 운동장이 나오기 직전 오른쪽 길가에 김소월의 시비가 있지요. 이 시비에는 대표작 「진달래꽃」을 새겨 놓았어요. 혹시라도 방문하게 되면 소월 시비만 둘러보고 나오는 일이 없기를 바라요.
학교 안쪽으로 들어가면 민족의 지도자 조만식과 함석헌의 흉상이 있고, 화가 이중섭을 기리는 예쁜 비석과 백석 시인의 시 「모닥불」을 새긴 시비도 만날 수 있으니까요. 모두 오산과 인연을 맺은 분들이랍니다.

문화재로 등록된 『진달래꽃』

2011년에 소월의 시집 초판본을 문화재청이 〈등록문화재 제470-1호〉로 지정했습니다. 문학 출판물로는 최초의 일이며, 시집 『진달래꽃』의 문화적 가치를 인정하고 보존 관리할 필요성에 따른 결과랍니다. 문화재청은 홈페이지를 통해『진달래꽃』의 문화재 등록에 대해 다음과 같이 설명해 놓았어요.

1925년12월26일 매문사(賣文社)에서 발행한 시집 『진달래꽃』은 시인 김소월(金素月, 본명 : 廷湜, 1902.8.6~1934.12.24)이 생전에 발간한 초판본 시집으로 토속적, 전통적 정서를 절제된 가락 속에 담은 시 작품을 많이 수록한 점을 고려해 문화재로 등록한다.

시집 『진달래꽃』은 총 4권이 남아 있다고 합니다. 우리가 길이 보존해야 할 소중한 문화유산이 아닐 수 없지요. 문화재 지정은 당연한 일이고, 소월의 시를 많은 사람들이 더욱 아끼고 사랑하게 되는 계기가 되었으면 해요.

소월이 사랑한 나무와 소월의 방

문화재로 지정된 시집 『진달래꽃』을 직접 보고 싶지 않나요? 소월이 다닌 배재학교에 4권 중 1권을 보관하여 전시하고 있는 곳이 있는데, 한번 찾아가 봅시다. 배재학교는 덕수궁 뒤편인 정동에 있었는데, 지금은 강동구 고덕동으로 옮겼어요. 그리고 원래 자리에 있던 배재학교 동관을 역사 박물관으로 만들어 운영하고 있지요. 배재학교 역사 박물관은 누구라도 들러서 관람을 할 수 있습니다. 빨간 벽돌로 지어진 건물은 옛날 모습 그대로 보존이 되어 있어 고풍스러운 멋을 느낄 수 있고, 서울시 기념물 제16호로 지정되어 있습니다. 박물관 입구에 도착하면 크고 오래된 향나무가 먼저 반기는데, 소월이 배재학교 재학 시절에 사랑했던 나무라고 하네요. 이 향나무 아래서 김소월이 책을 읽거나 시상을 가다듬기도 했을 거예요. 수령 500년을 훌쩍 넘긴 고목(古木)으로, 서울시에서 보호수로 지정해서 관리하고 있어요.

건물 안으로 들어서면 1층에 상설 전시실이 있고, 2층으로 올라가면 따로 한 공간을 할애해서 만든 '소월의 방'을 만날 수 있답니다. 이곳에는 그동안 발간된 김소월 작품집과 연구서 140여 권을 비치하고 있고, 벽면에는 평거 김선기 선생님이 쓴 김소월의 시「엄마야 누나야」를 액자로 만들어 걸어 놓았어요. 작고 아담한 방인 데다 유리로 전면이 막혀 있지만 김소월을 만나 볼 수 있는 소중한 공간이랍니다.

다음에는 소월의 까마득한 후배들이 자라고 있는 강동구 고덕동에 있는 배재중고등학교로 발길을 옮겨 보겠습니다. 역시 이곳에서도 소월의「진달래꽃」을 새긴 시비를 만날 수 있어요. 부근에 있는 한글학자 주시경 어록비도 함께 감상하면서 우리말의 아름다움에 대해 생각해 보는 시간을 가져 보면 어떨까요? ◉

7

산에 산에
피는 꽃은
저만치
혼자서 피어 있네

{ 소월의 마지막 모습 }

시인의 죽음을 둘러싼 수수께끼

고향으로 돌아온 소월은 얼마 지나지 않아 느닷없이 죽음을 맞이합니다. 소월의 죽음에 대해서는 아직도 분명한 원인을 밝혀내지 못하고 있지요. 자살했다고도 하고, 병으로 죽었다고도 하는데, 어느 이야기가 옳은지 누구도 자신 있게 판단을 내릴 수가 없습니다. 분명한 것은 1934년 12월 23일 밤에 술을 마시고 돌아와서 자리에 누운 소월이 다음 날 아침에 싸늘한 주검으로 발견되었다는 사실뿐입니다.

그나마 객관적이라고 할 수 있는 것이 당시에 소월의 죽음을 전한 신문 기사입니다. 가장 먼저 소월의 죽음을 전한 신문 기사의 내용은 다음과 같아요.

청년 민요시인 소월 김정식 별세(靑年 民謠詩人 素月 金廷湜 別世)
일찍이 『진달래꽃』이라는 시집을 발행하여 우리 시단에 이채를 나타냈던 재질이 비상하던 청년 시인 소월 김정식(素月 金廷湜) 씨는 그동안 침묵으로 일관하던 바 지난 이십사일 아침에 뇌일혈

소월의 마지막 모습

로 급작스럽게 별세하여 유족들의 애통하는 모양은 보는 사람으
로 하여금 눈물을 금치 못하게 하였다.

– 〈조선일보〉, 1934. 2. 27

신문 기사에 따른 것인지 몰라도 김억은 훗날 소월의 죽음에 대
해 다음과 같은 기록을 남겨 놓았어요.

　소월의 가냘픈 몸집이 수토(水土) 센 구성 땅에 와서는 제법 몸
이 나서 만년에는 뚱뚱하다는 소리를 들었는데 소월이 가늘고 야
위어야 할 사람이 뚱뚱해진 것은 뇌일혈을 부르려고 한 때문인
듯싶습니다.

– 「소월의 생애」(《여성》 39호, 1939. 6) 중에서

소월이 스스로 짧은 생을 마감했다는 비극적인 이야기는 훗날 소
월의 셋째 아들에게서 나왔습니다. 어머니가 잠결에 괴로워하는 아
버지의 신음을 듣고 일어나서 살펴보니 아버지의 머리맡에 밤톨만
한 덩어리가 떨어져 있었는데, 자세히 보니 아편 덩어리였다는 거
예요. 소월은 마약의 일종인 아편을 먹고 자살했을지도 모른다는
이야기지요.
　그러나 아들의 이야기 이전에 이미 오래전부터 소월의 자살설이
떠돌았음을 알려 주는 자료도 있습니다. 시인 김광균이 1947년 〈민
성(民聲)〉에 발표한 글 「김소월 – 가을에 생각나는 사람」에 다음과

같은 내용이 나오거든요.

　　이 절창(絕唱)을 안서에게 보낸 지 얼마 안 돼 소월은 스스로 자
기 목숨을 끊고 말았다. 비밀에 부쳤던 일이나 이미 십유여 년
의 고사(故事)와 세상사이고 발표해도 고인에게 욕되지 않을 것
이다. 그는 가족 몰래 아편을 다량으로 마시고 하루아침에 세상
을 떠났다.

　　소월의 죽음에 대해 가장 잘 알고 있는 사람은 누굴까요? 아무래
도 함께 살았던 그의 아내겠지요. 아편 자살설은 아내로부터 흘러
나왔을 겁니다. 위 글에 나오는 "비밀에 부쳤던 일이나"라는 표현을
주의해서 보세요. 무슨 까닭인지 몰라도 유족들이 처음에는 아편을
먹고 자살했다는 사실을 숨긴 채 외부에는 뇌일혈로 숨진 것처럼
꾸몄다고 추정해 볼 수 있지 않을까요? 자살설을 주장하는 사람들
은 젊은 사람이 약을 먹고 자살했다고 하면 집안 사정이나 소월의
신상 등에 대해 안 좋은 소문이 퍼질까 봐 유족들이 일부러 쉬쉬했
을 거라는 추측을 내놓기도 합니다.
　　조심스럽게 추측을 해 보자면 사고사일 가능성도 있습니다. 자살
이라면 보통 유서를 써 놓기 마련인데 누구도 유서가 있었다는 말
은 하지 않거든요. 그리고 아편을 먹었다는 말이 아무런 근거 없이
나오지도 않았을 거예요. 당시에는 아편을 치료용으로 조금씩 먹는
경우도 많았다고 해요. 소월도 평소에 술을 많이 마시는 바람에 몸

187　　　　　　　　　　　　　　　　　　**소월의 마지막 모습**

이 많이 상했어요. 그래서 육체적인 괴로움을 잊기 위해 가끔 아편을 먹는 일이 있었겠죠. 그러다가 죽던 날에는 평소보다 아편을 많이 먹는 바람에 목숨을 잃게 되었을 수도 있죠. 우리가 추정해 볼 수 있는 가장 그럴듯한 추론이라고 할 수 있습니다.

그런데 소월이 숨진 1934년은 한동안 절필하다시피 하다가 갑작스레 꽤 많은 시를 발표한 해입니다. 1930년대로 접어들면서 소월은 은퇴한 시인으로 불릴 정도로 작품을 거의 발표하지 않았어요. 그러다가 1934년에 번역시 6편과 창작시 12편을 무더기로 발표하거든요. 이런 현상을 어떻게 이해해야 할까요?

소월의 죽음이 자살일 거라고 믿는 이들은 소월이 일찍부터 자신의 죽음을 준비하고 있었다는 얘기를 합니다. 고향에 찾아가 조상들의 무덤을 돌본 것도 죽음을 앞두고 주변 정리를 하기 위한 것이 아니겠냐는 거죠. 평소에도 죽음에 대한 언급을 많이 했다는 사실을 덧붙이면 매우 그럴듯하게 여겨지기도 합니다. 갑자기 시를 무더기로 발표한 것도 그런 관점에서 바라보면 죽음을 앞둔 시인이 마지막으로 자기 정체성을 세상에 드러내기 위한 의도라고 해석할 수도 있겠죠. 하지만 마지막으로 발표한 시들에서 어느 정도 죽음을 예비하는 징후가 발견되어야 하는데, 그러한 점에서 보면 별다른 특이점을 찾을 수 없습니다. 오히려 앞서 소개한 「상쾌한 아침」도 그렇지만 「건강(健康)한 잠」 같은 작품을 보면 삶에 대한 강한 의지가 느껴지거든요.

건강한 잠

상냥한 태양이 씻은 듯한 얼굴로
산속 고요한 거리 위를 쏜다.
봄 아침 자리에서 갓 일어난 몸에
홑것을 걸치고 들에 나가 거닐면
산뜻이 살에 숨는 바람이 좋기도 하다.
뾰죽뾰죽한 풀 엄을
밟는가 봐 저어
발도 사분히 가려 놓을 때
과거의 십 년 기억은 머릿속에 선명하고
오늘날의 보람 많은 계획이 확실히 선다.
마음과 몸이 아울러 유쾌한 간밤의 잠이여.

시를 읽고 어떤 느낌이 드나요? 소월의 시에 흔히 드러나는 상실
감이나 슬픔 같은 정서가 이 시에서는 전혀 나타나지 않죠? 오히려
소월의 시에서는 드물게 발견되는, 삶의 기쁨과 환희를 전면에 드
러내고 있잖아요. "과거의 십 년 기억은 머릿속에 선명하고/오늘날
의 보람 많은 계획이 확실히 선다."라는 구절을 보면 구성에서 힘겹
게 살았던 시절을 벗어나 앞으로는 새로운 삶을 살아 보고 싶다는
소망이 강하게 표현되어 있습니다. 이런 소망을 표현한 소월이 정
말 스스로 죽음을 선택했을까요?

소월의 마지막 모습

1934년 5월 26일 자로 시인 김동환에게 보낸 편지에 "『요재지이(聊齋志異)』는 원고용지를 좀 장만하여 가지고 시작하려 합니다. 시는 내월(來月)에는 보내게 됩니다. 『요재지이』도 내월에는 될 줄 압니다."라고 적혀 있어요. 『요재지이』는 중국 사람 포송령이 지은 책으로 신선, 여우, 유령, 귀신, 도깨비나 이상한 인간 등에 관한 이야기를 담고 있어요. 아마도 이 책을 번역하여 생계에 도움을 받고자 했던 모양이에요. 이러한 정황으로 보아 소월이 미리 죽음을 예비했다는 건 사실이 아닐 가능성이 높습니다. 다만 죽기 직전에 우리가 알지 못하는 어떤 사건이 있었을 가능성을 배제할 수는 없겠죠. 주재소에 불려 가 모욕을 당했다든지, 빚에 몰렸다든지 하는 상황을 가정해 볼 수는 있을 거예요. 아무리 삶에 대한 의지가 충만해도 현실적인 어려움이나 고통이 더 크면 끝내 감당할 수 없는 길로 몰리기 마련인 게 인간이니까요.

하지만 이 모든 가정은 부질없는 일에 지나지 않습니다. 자살이 됐건 병사가 됐건 소월은 세상을 떠났고, 원인이 밝혀진다고 해서 소월에 대한 평가가 달라질 이유도 없으니까요.

소월이 죽고 한 달 후인 1935년 1월에 김억이 주선하여 종로 청년회관 건너편에 있던, 당시로는 유일한 양식집으로 이름난 백합원(百合園)이라는 곳에서 추도회를 열었습니다. 그 자리에는 소월을 아끼던 김억, 김동인, 모윤숙, 박종화, 염상섭, 이하윤 등 쟁쟁한 문인 100여 명이 참석했어요. 그만큼 소월의 죽음을 안타까워한 이들이 많았음을 알 수 있죠.

소월이 죽었을 때 남겨진 아이들은 3남 2녀였으며, 마지막 아이가 아내의 배 속에 있었습니다. 유복자까지 총 4남 2녀를 둔 채 소월은 영영 돌아오지 못할 길을 갔어요. 소월의 무덤은 구성군 방현에 마련했으나, 나중에 고향인 남산리로 옮겼다고 해요.

소월은 불과 32년을 이 세상에서 살다 하늘나라로 갔습니다. 그러면서도 한국문학사에 길이 남을 업적을 이루었지요. 그래서 소월의 황망한 죽음이 더욱 애석하게 다가옵니다. 소월이 평생 간직했던 상실감을 이제는 우리가 소월의 부재에서 느껴야만 하지요. 소월이 노래했던 아름다운 시편들이 그런 아쉬움을 조금은 달래 주고 있지만, 소월의 빈자리를 메꿀 만한 시인이 언제 다시 나타날 수 있을까요?

소월을 다시 불러내다

소월은 불운한 시대를 타고난 천재 시인이었습니다. 일제강점기를 살아 내야 했던 당시의 모든 사람들이 그러했겠지만, 소월은 특히 일제의 질곡을 직접 몸으로 겪어야 했지요. 유년 시절에는 일본인들에게 폭행을 당한 아버지의 정신이상이 그랬고, 청년 시절에는 관동대진재로 인해 일본 유학의 중단이 그러했습니다. 이 두 사건이 소월의 삶에 가장 커다란 장애로 작용했으리란 건 누구나 동의할 수 있는 사실입니다. 결국 소월의 불행한 요절에는 민족의 수난이 밑바탕에 깔려 있는 셈이죠.

그럼에도 소월은 감동적인 시편들을 남김으로써 그 시대에 주어진 자신의 몫을 다했습니다. 사랑과 이별을 노래한 시들을 통해 인간이라면 누구나 갖고 있는 보편적인 감정을 어루만져 주었고, 땅을 빼앗긴 채 떠돌아야 하는 농민들의 삶을 그림으로써 일제에 핍박받는 조선 민중들의 서러움을 함께 나누었으며, 무엇보다 우리말의 아름다움을 살려 내는 데 큰 기여를 했지요. 마지막으로 소월의 시 「산유화」를 읽어 볼까요?

산유화

산에는 꽃 피네.
꽃이 피네.
갈 봄 여름 없이
꽃이 피네.

산에
산에
피는 꽃은
저만치 혼자서 피어 있네.

산에서 우는 작은 새여,
꽃이 좋아

산에서
사노라네.

산에는 꽃 지네.
꽃이 지네.
갈 봄 여름 없이
꽃이 지네.

　이 시의 구성은 무척 단순합니다. 산과 꽃과 새를 끌어들여서 계절에 따라 순환하는 자연의 질서를 노래하고 있지요. 산에 꽃이 피었다 지는 건 새롭거나 특별할 것이 없는, 너무나 자연스러운 일입니다. 이렇듯 단순한 내용을 담은 작품임에도 이 시가 주목을 받는 이유는 우리말의 운율을 잘 살려 내고 있기 때문입니다. 가을을 '갈'로 줄인다든지, 시를 읽을 때의 자연스러운 호흡을 위해 '봄 여름 갈'이 아니라 '갈 봄 여름'으로 바꾼 것은 소월만이 보여 줄 수 있는 아름다움이라고 할 수 있지요.

　뿐만 아니라 2연과 3연의 행갈이를 유심히 보면 독특한 변화를 주고 있음을 알 수 있어요. 한 음보를 과감하게 한 행으로 처리한 것들도 그렇고, 2연에서는 마지막 행을 길게 하고 3연에서는 첫 행을 길게 처리했잖아요. 이런 식으로 변화 주기를 시도함으로써 자칫 단조로울 수 있는 시의 흐름에 생동감을 불어넣고 있는 거예요. 요즘 시인들의 시는 더욱 다양하고 과감한 형식을 끌어들이고 있지만 소월이 시를 쓰던 당시만 해도 위와 같은 형식은 찾아보기 어려운 새로운 시도였습니다.

형식도 형식이지만 시에 담긴 내용도 군더더기가 없습니다. 소설가 김동리는 이 시를 극찬하면서 "저만치 혼자서 피어 있네."라는 구절 때문이라고 말했지요. 특히 "저만치"라는 시어에 주목하면서, 이 말은 인간과 청산, 즉 자연 사이의 거리를 나타내는 말이라고 해석을 했어요. "저만치"라는 말이 비록 멀지 않은 거리를 나타내는 것처럼 보이지만, 실제로는 하늘과 땅 사이만큼이나 가 닿을 수 없는 절대적인 아득함의 거리라고요. 그렇게 가 닿을 수 없기에 향수와 그리움의 대상이 될 수밖에 없다는 게 김동리의 해석이에요.

시인 도종환은 꽃을 노래하되 그 꽃을 소유하거나 꽃을 꺾어 사랑하는 사람에게 바치고 싶은 갈망을 노래한 시는 많지만 「산유화」처럼 혼자서 저만치 피어 있는 꽃을 일정한 거리를 두고 바라보는 시는 흔치 않다고 말합니다. 꽃을 소유하지 않고 꽃을 꽃 나름의 아름다움으로 존재케 하면서 사랑하는 방법을 보여 준다고요.

소설가와 시인의 해석이 새롭기도 하고 조금 어렵기도 하지요? 시는 읽는 사람에 따라 해석이 다양할 수 있어요. 그러니 어떤 해석에 대해 맞았다거나 틀렸다고 할 수는 없는 일입니다. 다만 다른 사람이 해석해 놓은 걸 보면서 '아하, 그렇게 볼 수도 있겠구나.' 하는 깨달음을 얻을 수 있다면 그걸로 충분한 거지요.

여러분은 어떤 느낌과 생각으로 이 구절을 받아들였나요? 저만치 홀로 피어 있는 꽃을 통해 외로움을 연상할 수도 있고, 인간의 손

길을 거부하고 싶은 자연의 마음을 읽어 낼 수도 있을 거예요. 어떤 마음으로 썼는지 소월에게 직접 물어보거나 소월의 마음속으로 들어가 볼 수는 없는 일이니, 해석은 여러분 각각의 몫일 겁니다.

그래요. 안타깝게도 소월은 이제 우리 곁에 없습니다. 그렇다고 소월을 지나간 세월 속으로 묻어 둘 수는 없는 일이지요. "부르다가 내가 죽을 이름"을 목 놓아 외치다 서른셋의 젊은 나이에 불행하게 스러진 김소월의 넋을 다시금 불러내는 것 역시 여러분의 몫입니다. 소월이 굴곡진 우리 역사와 그 속에서 고통받던 사람들의 아픔을 대신 노래해 그들의 마음을 달래 주었던 것처럼, 우리도 소월을 우리 가슴속에 영원히 살게 함으로써 소월의 영혼이 더 이상 서러움에 눈물 흘리지 않게 해야겠지요. 소월의 시를 사랑하는 일이야말로 식민의 시대를 넘어 오늘날의 설움까지 씻어 내는 일임을 잊지 말아야 합니다.

자, 이제 긴 이야기를 마칠 때가 됐네요.

시를 잘 이해하기 위해서는 그 시를 쓴 사람이 어떻게 살아왔는지에 대해서도 알 필요가 있습니다. 모든 문학작품은 작가의 경험이 밑바탕에 깔려 있으니까요. 이 책을 읽고 김소월의 삶과 시에 대해 조금이라도 잘 알게 되었다면 다행이에요. 지금 당장 학교 도서실이나 서점으로 가서 김소월의 시집을 구해 읽는다면 더욱 좋겠고요. 여러분이 공부하는 책상에 수북이 쌓여 있는 교과서와 참고서 옆에 소월의 시집 한 권을 함께 놓아둔다면 여러분의 책상이 한층 빛나 보이지 않을까요?

[1] 다음 글은 한 문학평론가가 김소월의 「진달래꽃」에 나오는 '역겨워'를 새롭게 해석한 글입니다. 글쓴이의 주장에 대한 여러분의 생각을 자유롭게 써 보세요.

김동환의 시 「내일날」(1940)과 「춘원초(春怨抄)」(1942)에는 "그 맵시 차마 한꺼번에 다 보기 역거워"와 "이 한밤을 혼자 보내기 역거워"라는 구절이 나온다. 여기서 "역거워"는 시의 문맥 상 '역(力)+거워' 즉 '힘겨워'라는 뜻으로 해석하는 것이 적절하다.

현대의 한글 표기법을 기준으로 할 때 「진달래꽃」의 '역겨워'와 위의 시들에 사용된 '역거워'는 다른 단어이다. 그러나 조선 총독부의 '언문 철자법' 개정안(1930)과 조선어학회의 '한글맞춤법통일안'(1933)이 공표되기 전까지 우리말에는 공식적으로 통일된 표기법이 없었다. 이러한 현실을 감안한다면, 비슷한 발음을 가진 '역겨워'와 '역거워'가 같은 의미의 단어로 사용되었을 가능성이 충분히 있다.

1920년대의 한글 표기 상황과 김동환의 시들을 근거로 할 때, 「진달래꽃」의 "나보기가 역겨워"를 '역(逆)겨워' 즉 '나를 보기가 몹시 언짢거나 싫어져서'라는 기존의 의미가 아니라 '역(力)겨워' 즉 '나보기가 힘겨워'로 해석하는 새로운 가설을 제기해 볼 수 있다. '역겨워'를 '힘겨워'로 뜻풀이하여 「진달래꽃」을 다시 읽어 보자. 그러면 시에서 구성하고 상황이 완전히 달라진다. 한때 사랑했지만 어떤 이유에서인지 그 사랑을 계속 유지하는 것이 너무 힘겨워서 임이 나를 떠나려 한다. 나는 임의 마음을 알기에 떠나는 임을 붙잡지 못하고, 임이 더 힘겨워할까 봐 눈물도 흘리지 못하고 떠나는 임의 발밑에 애타는 사랑을 담아서 진달래꽃만 뿌린다. 이렇듯 '역겨워'를 '힘겨워'로 해석해 보면, 시의 간절한 느낌이 더욱 살아나는 것을 확인할 수 있다. '역(逆)겨워'로 해석했을 때에는 임에 의해 일방적으로 사랑이 파기(破棄)되고 나는 버림받았지만, '역(力)겨워'로 해석했을 때에는 임과 나의 사이에 깊은 공감과 연민의 정이 흐른다.

-심선옥,「'역(逆)겨워'와 '역(力)겨워'의 거리-「진달래꽃」다시 읽기」(웹진 〈문장〉 2005년 9월호)를 요약.

[2] 두 학생의 대화를 듣고 시와 노래에 대한 자신의 생각을 자유롭게 써 보세요.

미영 : 마야가 김소월의 「진달래꽃」을 록 음악으로 만들어서 부른 걸 들어보면 시가 주는 느낌하고 너무 다르잖아. 애절한 느낌으로 감상해야 할 시를 망쳐놓고 있는 것 같아서 불편하더라. 그렇게 소리 지르면서 부를 거면 차라리 다른 시를 골라서 노래로 만들지, 하필이면 「진달래꽃」처럼 이별의 슬픔을 나타낸 시를 고를 게 뭐야. 마야의 〈진달래꽃〉을 사람들이 응원가로도 부르던데, 그게 말이 된다고 생각하니? 시를 노래로 만드는 건 좋지만 그래도 어느 정도 지켜야 할 선이 있다고 생각해. 작곡자 마음대로 시의 분위기를 바꿔버리는 건 아름다운 시를 죽이는 거야.
혜정 : 시와 노래는 형식 자체가 다르잖아. 그리고 시를 받아들이고 해

석하는 건 사람들마다 다양할 수 있다고 생각해. 얼마든지 현대적인 감각으로 재해석해서 받아들일 수 있다는 거지. 오히려 요즘 젊은이 들에게 고리타분하게 느껴질 수도 있는 옛날 시를 새로운 분위기로 바꿔 줌으로써 친근하게 느껴지도록 한다면 좋은 일이 아닐까? 그리 고 시는 시대로, 노래는 노래대로 서로 다른 장점이 있기 때문에 시와 노래를 똑같은 감정으로 받아들이고 이해할 필요는 없다고 생각해.

[3] 다음은 김소월의 시 「두 사람」입니다. 시에 나타난 정경을 참고로 하 여 두 사람에게 어떤 사연이 담겨 있었을지 상상하여 이야기를 만들어 봅 시다.

　　흰 눈은 한 잎
　　또 한 잎
　　영(嶺) 기슭을 덮을 때.
　　짚신에 감발하고 길심매고
　　우뚝 일어나면서 돌아서도…….
　　다시금 또 보이는,다시금 또 보이는.

[4] 김소월의 시에는 유난히 '꿈'이 많이 나옵니다. 아래 글에 나타난 주 장을 참고로 하여, '김소월의 시에는 현실과 대결하려는 의지가 부족하 다.'라는 일부의 비판에 대한 여러분의 생각을 써 보세요.

소월의 시에 빈번히 등장하는 '꿈'은 바로 이러한 한계상황을 극복해 보려는 그의 의지의 소산이다. '꿈'이란 것이 "완전한 가치를 가진 하나의 심적 현상이며 소망충족"이기 때문에 소월은 '꿈'을 통해 소원성취하려는 의지를 보인다. "어스름 타고서 오신 그 여자는/내 꿈의 품속으로 들어와 안겨라"(「꿈꾼 그 옛날」)라든가 "꿈이라도 꾸면은/잠들면 만날런가(「눈 오는 저녁」)," "아아 내 세상의 끝이여/꿈이 그리워, 꿈이 그리워"(「꿈」) 등이 그 대표적인 예이다. '꿈'이란 말이 직접적으로 등장하는 시는 이외에도 「잊었던 맘」, 「삭주구성」, 「고향」, 「꿈으로 오는 한 사람」 등 30여 편에 이른다. 이것은 소월 시 전체의 분량이 최근에 발견된 것까지 200여 편 정도라는 사실에 비추어 볼 때 결코 적은 비중은 아니다. 꿈에서 이뤄 보려는 의지, 그것은 바꿔 말하면 현실에서의 좌절이요, 소월의 자연은 이 양면성의 도면(圖面) 위에 놓인다. 한 마디로 "엄마야 누나야 강변 살자"(「엄마야 누나야」)고 부르짖는 작자는 결코 강변과 접할 수 없고 다만 강변을 그리워 할 뿐이다.

- 박호영, 「소월 시의 위상」(『김소월 연구』) 중에서

[5] 다음은 김소월이 중국 시인 두보의 「춘망(春望)」이라는 시를 우리말로 번역한 것입니다. 두보는 안록산의 난으로 인해 함락된 장안성의 모습과 헤어진 가족을 그리워하는 내용을 시에 담았습니다. 김소월이 두보의 많은 시 중에서 하필 「춘망」을 골라서 번역한 이유가 무엇이었을지 당시의 시대 상황과 연관 지어 설명해 보세요.

봄

이 나라 나라는 부서졌는데
이 산천 여태 산천은 남아 있더냐
봄은 왔다 하건만
풀과 나무에뿐이여

오! 서럽다 이를 두고 봄이냐
치워라 꽃잎에도 눈물뿐 흐르며
새 무리는 지저귀며 울지만
쉬어라 이 두근거리는 가슴아

못 보느냐 발갛게 솟구는 봉숫불이
끝끝내 그 무엇을 태우랴 함이료
그리워라 내 집은
하늘 밖에 있나니

애닯다 긁어 쥐어뜯어서
다시금 떨어졌다고
다만 이 희끗희끗한 머리칼뿐
인제는 빗질할 것도 없구나.

[6] 다음 시에서 화자의 마음을 간접적으로 드러내는 대상들을 찾아보고, 그러한 대상이 하는 역할이 무엇인지 생각해 보세요.

가는 길

그립다
말을 할까
하니 그리워

그냥 갈까
그래도
다시 더 한번

저 산에도 까마귀, 들에 까마귀
서산에는 해진다고 지저귑니다.

앞 강물, 뒷 강물
흐르는 물은
어서 따라 오라고 따라 가자고
흘러도 연달아 흐릅디다려.

1902	평안북도 구성에서 출생한 뒤 고향인 곽산으로 돌아옴.
	본명은 정식.
1904	아버지가 일본인 목도꾼들에게 맞아 정신이상 증세 일으킴.
1910	한일강제병합으로 일제강점기 시작.
1916	오산학교 입학, 스승 김억을 만나 시를 쓰기 시작함.
	홍명희의 딸 상일과 결혼.
1919	3·1만세운동. 대한민국임시정부 수립.
1920	「낭인의 봄」 등을 『창조』에 발표하며 문단에 데뷔.
	1920 「낭인의 봄」「그리워」「먼후일」
1922	배재학교 편입
	1922 「금잔디」「엄마야 누나야」「진달래 꽃」「개여울」
	1923 「못 잊어」「예전엔 미처 몰랐어요」「가는 길」「왕십리」
	1924 「밭고랑 위에서」「나무리벌 노래」
1925	시집 『진달래꽃』 발간
	1925 「옷과 밥과 자유」

1926   6·10만세운동 일어남. **구성으로 이주하여 동아일보 지국 개설.**

1926 「첫눈」

1929   광주학생항일운동 일어남. **시 「저급생활」이 일제의 검열로 삭제 당함.**

1932   이봉창, 윤봉길 의거.

1934   **고향 곽산에 다녀온 이해 12월 의문의 죽음을 맞이함.**

1934 「제이 엠 에스」「건강한 잠」「상쾌한 아침」「돈타령」「삼수갑산」

학창시절의 소월

1930년대 무렵의 소월

한국역사인물화연구회가
복원한 소월의 초상화